El fin de la inocencia

ABEL FERNÁNDEZ-LARREA
El fin de la inocencia

Insensibilidad dolorosa

Los labios embrujados,
los pensamientos escondidos.
Oh, el amor torpe,
la cabeza cuadrada.

Yuliy Kim, *Labios embrujados*

I.

EL SANATORIO

El taxi abandonó la carretera y se internó por un camino mal asfaltado, fangoso y bordeado de pinos mustios. En el asiento trasero, Yasha se revolvía inquieto, como si cada kilómetro recorrido significase avanzar por el tubo digestivo de una gran bestia anónima. La madre había insistido en sentarse delante, junto al taxista, quizá para no tener que compartir espacio con el chico. Yasha interpretó ese gesto como otro abandono, uno de tantos.

Al final del camino comenzaba a verse ahora el «edificio», tras una verja alta de hierro, desvencijada. El «edificio» tenía aspecto de haber sido, en sus tiempos, la floreciente quinta de descanso de algún noble moscovita. Sus tres plantas, que ahora podían apreciarse con más claridad, denotaban un lujo antiguo, ha mucho olvidado. Tras la verja se abría espacio un pequeño jardín con una fuente, y más allá una escalera de mármol, antesala del portón cerrado a cal y canto. La fachada, de un verde añejo, lucía manchones de humedad y pintura descorchada. No era, a ojos vista, la fachada de un importante instituto, sino más bien la de una casa abandonada, a la que el tiempo se ha dedicado a vejar, como el rostro insalubre de un mendigo.

El automóvil se detuvo junto a la verja, Yasha se hizo un ovillo en el asiento trasero mientras la madre descendía del taxi.

–¡Vamos! ¡Afuera!

La voz de la madre sonaba distante.

–¡Vamos, Yasha! –volvió a gritar la madre. En su voz se podía entreoír un deje nervioso–. ¡No tengo todo el tiempo del mundo!

Abrió la portezuela y el chico se arrinconó aún más en el asiento.

–¿Quiere que le eche una mano? –preguntó el taxista–. Tengo experiencia en este tipo de cosas.

«Y quién se lo habrá preguntado», pensó Yasha. El taxista no esperó respuesta; descendió del automóvil, pero al llegar a la parte de atrás se quedó aguardando una señal de la madre. Esta, por su parte, miraba inquieta ora a Yasha, ora al taxista, ora a la verja de hierro torcida como una mueca.

–Yasha, por favor… ya tienes quince años ¿Acaso quieres que este ciudadano intervenga?

El chico le lanzó una mirada de odio al «ciudadano». Bajó la cabeza y se movió muy lentamente –casi se arrastró–, hasta la puerta. El taxista se quedó inmóvil unos segundos; al ver a Yasha salir mansamente, volvió a su asiento. La madre se acercó a la ventanilla, miró el taxímetro y sacó un billete de la cartera. Dudó un instante y sacó otro billete.

–Un poco más, por las molestias.

§

La fachada del «edificio», ahora de cerca, mostraba aún más signos de abandono. Algunas ventanas habían perdido los cristales y estaban cubiertas por tapias de madera. Una cañería de desagüe se había desprendido a medias y ahora servía de pedestal al nido de una corneja. Pero lo más sobrecogedor, lo casi insoportable, era el silencio que reinaba en derredor, apenas interrumpido por el graznar de las cornejas. Yasha echó una ojeada al jardín. Ni un alma. Tal pareciera que el sitio estaba en verdad deshabitado.

Al llegar al portón, pintado de un blanco ajado, la madre pulsó el timbre. Tras unos minutos se abrió la puerta y apareció una mujer de unos treinta años, con vestido pálido, cofia de enfermera y unos anteojos de cristales montados al aire que la hacían lucir mayor. Su expresión mediaba entre la curiosidad y el fastidio.

—Venimos a ver a la doctora Nikolaeva —se adelantó la madre de Yasha—. Nos esperaba más temprano, pero el taxista ha confundido el camino.

La enfermera echó un vistazo a Yasha sin cambiar la expresión.

—Síganme —dijo tras unos segundos—. La doctora está en su despacho.

Tras el recibidor se encontraba una sala de espera, amueblada con sillones modernos. De las paredes colgaban cuadros de gusto mediocre, al parecer seleccionados para hacer juego con las cortinas. Un amplio pasillo, que olía a rancio y a alcohol de esterilizar, conducía al despacho de la doctora Nikolaeva, directora de la «Clínica de Internamiento de Menores con Padecimientos Psiquiátricos», más conocida como el Sanatorio. Frente al despacho estaba la enfermería. A través del cristal de la puerta, Yasha pudo ver al primer «inquilino»: un chico de su edad a quien una enfermera se disponía a vacunar. El chico le devolvió a Yasha la mirada; su rostro expresaba cierta melancolía, interrumpida por un gesto de dolor al contacto con la aguja.

La enfermera que conducía a Yasha y a su madre abrió la puerta del despacho. Dentro, una mujer sentada tras un buró revisaba unos papeles. La doctora Nikolaeva rondaba los cincuenta. Llevaba el pelo entrecano peinado en ondas alrededor del rostro. Su nariz, algo afilada, sujetaba unos anteojos pasados de moda. Al ver a la madre de Yasha, esbozó una sonrisa cortés y dejó caer sobre el buró los papeles que sostenía en las manos.

—¡Muy bien! —dijo con voz juvenil—. Así que este es el pequeño Yakov Románovich…

A Yasha no le hizo gracia lo de «pequeño». Frunció el entrecejo y apartó la vista hacia la puerta, como retrocediendo con la mirada.

—Pues justamente aquí tengo su expediente… Padre fallecido… Madre en segundas nupcias… Relación un poco tensa con el padrastro—La doctora Nikolaeva hizo una pausa larga y continuó leyendo al azar–. Buen rendimiento académico, sin embargo, aunque ha mermado en el último año…

Al chico le incomodaba que se hablase de su vida como si fuera un programa de televisión, así, con tal desenfado. Sin embargo, trató de disimular su desagrado, aunque en el momento en que la doctora pronunció la palabra «padrastro» no pudo evitar dar un leve respingo.

—Bueno, ya hemos hablado suficiente de su «caso» –al decir esto, la doctora miró con aire de condescendencia a la madre de Yasha–. Supongo que a Yakov Románovich le gustaría conocer nuestra institución…

El chico se encogió de hombros. La Nikolaeva pulsó un botón del intercomunicador y al punto apareció otra vez la enfermera de los anteojos montados al aire.

—Por favor, Natalia Ivánovna, conduzca al joven al área de los internos.

La madre de Yasha hizo ademán de seguir a la enfermera, pero la doctora la detuvo con un gesto. El chico se quedó mirando a la madre, pero ella esquivó la mirada y fue a sentarse frente al buró. Yasha siguió a la enfermera y abandonó el despacho con la sensación de que aquella sería la última vez que vería a la madre.

§

Yasha Lansky siempre había sido un alumno excelente. En general era un buen chico, algo taciturno y poco sociable, pero ante todo servicial y respetuoso; sin embargo, sus cualidades más sobresalientes se manifestaban en el ámbito escolar. Tenía habilidades prodigiosas para el cálculo y el análisis, y las lenguas se le daban con mucha facilidad. No obstante, la escuela le resultaba, digamos, incómoda. No le gustaba alejarse de casa, estar no sé cuántas horas en un sitio ajeno, rodeado de gente. En cualquier caso, prefería a los adultos antes que los de su edad. Sus coetáneos le resultaban, según sus palabras, lerdos y envidiosos, y lo atormentaban todo el tiempo con bromas y críticas mezquinas.

Cuando era muy pequeño, Yasha solía ir con frecuencia al instituto donde trabajaba la madre. Allí podía pasar horas absorto entre reglas de cálculo y montones de tarjetas perforadas, de las que se utilizaban para introducir datos en unas enormes computadoras. Yasha se sentaba en un buró, agarraba una de las tarjetas en desuso y se ponía a dibujar edificios, cuyas ventanas resultaban ser las perforaciones. «Este chico va a ser arquitecto», decían al verlo los compañeros de trabajo de la madre. Nadie lo molestaba y, en general, todos lo trataban con afabilidad y deferencia.

El colegio, en cambio, le resultaba un infierno. Las horas de clase eran tediosas, pues por lo general dominaba las materias mucho mejor que sus compañeros. Yasha había aprendido a leer, a escribir y a hacer cálculos aritméticos antes de la edad escolar, pues su madre se había dedicado a enseñarle. Por este motivo, cuando en primer grado los otros practicaban palotes, él mataba el tiempo leyendo los textos finales del libro de lecturas. A la madre la gente le decía que debía poner a Yasha en un curso superior, incluso los maestros le insistieron varias veces en ello. Pero ella se negaba diciendo que Yasha debía estar con los de su edad, pues de lo contrario se le podía crear un trauma. El caso es que, a pesar de las buenas intenciones de la madre, el chico sentía que perdía el tiempo en el colegio y no soportaba a sus compañeros de curso, quienes, por otra parte, no le ocultaban su envidia mezquina.

Además estaba la apariencia física de Yasha. Moreno y de pelo encrespado, era fácil reconocer en él los rasgos de su ascendencia hebrea, cosa que al principio no parecía importar; pero a medida que fue avanzando en edad y en grados escolares fue descubriendo entre sus contemporáneos manifestaciones de burla y rechazo. Como si no fuese suficiente, desde pequeño lo habían obligado a llevar gafas, para corregir un defecto de la vista. Poco atlético, con gafas y aspecto de hebreo, y demostrando, aunque involuntariamente, una superioridad intelectual, Yasha era el blanco perfecto del odio de sus congéneres.

¶

La enfermera lo guió por el pasillo hasta las escaleras que conducían al piso superior. A cada tanto miraba atrás, pero su mirada era fugaz y sin expresión alguna. Yasha, por su parte, la seguía obediente, casi sin detenerse a mirar el entorno, el cual, por así decirlo, tampoco llamaba mucho la atención. La escalera, de mármol como la de la entrada, serpenteaba hacia arriba creando un descanso a medio camino. Yasha recorrió un tramo del pasamanos con la punta del dedo índice. Una casi imperceptible capa de polvo apareció en la yema del dedo, lo que contrastaba con el olor a alcohol y a desinfectante que inundaba el aire. El chico pensó en lo que diría su madre de tal mugre, y se imaginó a los montones de chiquillos que a diario bajarían en tropel por esas escaleras.

En el primer piso, un pasillo idéntico al de la planta baja fungía de línea divisoria entre dos grupos de habitaciones. Estas tenían cada una un rótulo sobre la puerta, en el cual había inscritos un número y una letra. Así, por lo que podía ver Yasha, a su izquierda quedaban las habitaciones uno A, uno B, uno C y así sucesivamente, y a la derecha otras tantas. Al final del pasillo, un poco separada de las otras, una puerta lucía el rótulo que identificaba al baño.

—Este es el piso de las chicas —dijo la enfermera sin detenerse.

Yasha se retrasó un poco, intentando husmear sin alejarse demasiado, pero sintió los ojos de Natalia Ivánovna sobre sí. Nada en el pasillo indicaba que aquel fuese el piso de las chicas. El silencio envolvía todo, como en un cementerio, y Yasha comenzó a pensar que en el edificio no había casi nadie.

–Natalia Ivánovna –dijo sin poder contenerse–, dígame, por favor, ¿hay mucha gente en este… en esta clínica?

Quiso decir «manicomio», pero la palabra le resultó demasiado dura. Natalia Ivánovna continuó ascendiendo por la escalera, sin mirar atrás.

–Es la hora de la siesta.

El segundo piso era muy parecido al primero, sólo que un poco más descuidado. Los rótulos de las puertas comenzaban por el número dos, y las letras seguían el mismo orden que en el de abajo. Natalia Ivánovna condujo a Yasha hasta la puerta dos E, sacó un manojo de llaves y abrió la cerradura. Dentro había dos camas; una de ellas estaba ocupada por un chico acostado bocarriba, cubierto hasta el pecho por una manta: el mismo «inquilino» que había visto antes en la enfermería. Al entrar Yasha, el chico entreabrió los ojos, casi imperceptiblemente, y Yasha se dio cuenta de que sólo simulaba estar dormido.

–Este es tu compañero de cuarto –dijo la enfermera en un susurro, mientras le lanzaba al «simulador» una mirada acusadora. El chico se dio vuelta hacia la pared y comenzó a roncar estruendosamente–. Su nombre es Pável Andréevich Ransójov. Luego de la siesta podrás presentarte tú mismo.

Yasha pensó que no hacía falta esperar. De todos modos tampoco le interesaba hacer amigos.

Natalia Ivánovna abrió una puerta que daba al armario.

–Aquí debes guardar tus pertenencias, cuando las suba el enfermero. Ahora debes descansar. Dentro de una hora será el recreo.

Yasha no quería descansar, quería largarse de este sitio como alma que lleva el diablo. Miró a su alrededor, la ventana parecía clausurada. Al menos –pensó–, le había tocado una habitación sin tapia. El chico de la cama contigua había cesado los ronquidos falsos y ahora emitía un leve soplido. Yasha se sentó en el borde de la cama vacía. Ante la mirada aprensiva de la enfermera, se quitó las sandalias y se acomodó sobre el colchón, sin quitar la sábana. La cama olía a ropa limpia de lavandería.

Natalia Ivánovna se dirigió a la puerta. Al cerrar, Yasha tuvo la impresión de que le sonreía.

¶

Yasha miraba el cielo raso de la habitación, intentando buscar formas entre las manchas de humedad. No quería pensar en nada, pero le era imposible. Una y otra vez le acudían a la mente los recuerdos del día, de los días anteriores, de semanas y meses pasados. Sobre todo lo atormentaba la pasividad con la que se había dejado traer a este sitio. Podía haber llorado, haber suplicado, haber jurado que sería bueno y que jamás volvería a comportarse de modo incorrecto. O también podía haberse rebelado, haber luchado con uñas y dientes contra todo aquél que quisiera arrancarlo de su cuarto. Quizá podía también haberse fugado, de noche, mientras todos dormían. Podría haberse ido a casa de su tío Grígori Lazarevich, quien de seguro lo hubiera recibido con los brazos abiertos, o podría haberse ido más lejos, a alguna isla desierta del Moskvá, como un nuevo Tom Sawyer. Pero la realidad era que se había abandonado, cobarde y mansamente, a la suerte que lo había traído hasta el Sanatorio.

En una hora era el recreo. Probablemente, si lo sacaban al patio, podría aprovechar el descuido de las enfermeras y cruzar la verja; internarse en el seto de pinos raquíticos y correr libre hacia ninguna parte, lejos. Solo faltaba una hora. Yasha no tenía reloj, pero le parecía que había pasado una eternidad desde que Natalia Ivánovna abandonara la habitación. Sin embargo, no había señales de tal «recreo». El de al lado seguía durmiendo como si tal cosa, y afuera no se escuchaba movimiento alguno.

Yasha decidió comenzar a contar, para matar el tiempo. Contaría hasta mil, hasta un millón, hasta lo que hiciera falta. Según su cuenta ya debería de haber pasado la hora. En cualquier caso, podría contar los segundos... ¿Cuántos segundos hay en una hora? Yasha sacó la cuenta: tres mil seiscientos. Ni siquiera haría falta llegar al millón. De hecho, según su cuenta, ni siquiera haría falta llegar a mil. Pero afuera continuaba sin escucharse el menor movimiento.

Uno, dos... diez... veinte... cincuenta... cien... De repente se escucharon unos pasos avanzando por el pasillo. Yasha levantó la cabeza. Alguien se detenía junto a la puerta, sacaba el manojo de llaves, hacía girar el picaporte... A Yasha comenzó a latirle el corazón, cada vez más rápido. Recostó la cabeza sobre la almohada y cerró los ojos, pero luego los entreabrió para ver quién entraba. Tras la puerta apareció un hombretón vestido de blanco, cargando una valija. Era la maleta de Yasha, de cuero ajado y con la cerradura rota. El hombretón, cuyos hombros apenas si cabían por la puerta, y a cuya cabeza le faltaba sólo un palmo para alcanzar el techo, dejó la valija a los pies de la cama. Ya volvía sobre sus pasos cuando Yasha se incorporó sobre la cama y lo interpeló.

—¿Ya es hora del recreo?

El hombretón se dio la vuelta y miró a Yasha con expresión de asombro. Dudó un instante y luego emitió un suspiro.

—¿No duermes, acaso? Vuelve a la cama. Todavía te queda un buen rato.

Yasha volvió a acostarse y vigiló al hombretón mientras este se marchaba. De seguro mentía. Siempre era igual. Los mayores siempre mentían. ¿Para qué armar tanto escándalo, cada vez que sorprendían a Yasha en una mentira, si ellos eran los primeros en proferirlas a diestra y siniestra? Yasha se quedó oteando la puerta por unos instantes. Luego miró la valija. Podría entretenerse sacando las cosas y disponiéndolas en el armario. Al final decidió que no tenía sentido sacar sus pertenencias de la maleta, si planeaba escaparse durante el recreo. ¿Qué hacer, entonces? No tenía ganas de volver a contar. Se revolvió sobre la cama y se tapó la cabeza con la almohada. Al diablo con ellos. Que fueran a buscarlo para salir al recreo cuando quisieran. Fuese más tarde o más temprano, en nada cambiaría su plan. Yasha se quedó inmóvil, como en trance, con la almohada sobre la cabeza y la respiración cada vez más pesada. Al rato, se durmió.

¶

A pesar de todo, mientras estaba en clases el chico se sentía protegido. Peor eran el recreo y la educación física. Los otros siempre buscaban la oportunidad de ponerle a Yasha una zancadilla o atormentarlo gritándole algún mote. Y más penoso aún era el horario de la tarde, cuando no había lecciones y los chicos debían permanecer en el aula, haciendo deberes bajo la supervisión de una «cuidadora». En las tardes grises, Yasha miraba todo el rato a la puerta, esperando que, por un milagro, vinieran a buscarlo antes de tiempo.

Y un día el milagro apareció, o más bien el chico se las agenció para encontrarlo. La madre le había dado en la mañana una nota firmada para que le permitieran salir más temprano, pues debía llevarlo a la consulta del oftalmólogo. Ese día se le iluminó el camino a Yasha, pues descubrió el subterfugio que lo aliviaría de las tardes en el colegio.

Durante una semana, estuvo cada tarde mostrando a la «cuidadora» la misma nota de la madre. Ni siquiera se tomó el trabajo de cambiar la fecha, pues descubrió que nadie se fijaba en el contenido del papel. Ni siquiera se volteaba para mirar el aula por última vez. Aliviado; salía como un bólido por la puerta y no paraba hasta franquear el portón de salida. Una vez en la calle, como no podía ir a casa tan temprano, se dedicaba a vagabundear. Podía pasear por el malecón, junto al río, o sentarse a contemplar las barcas que, atracadas, no dejaban de ondear por fuerza de las olas. Sin embargo, esos paseos a campo abierto podían resultar peligrosos, pues podía ser visto por algún vecino. Yasha comprendió esto pronto, y a partir de entonces se dirigía a su lugar predilecto: el parque zoológico.

El parque era un sitio maravilloso, poblado de árboles y bancos para sentarse a descansar y fieras de todo tipo encerradas en sus jaulas. A Yasha se le ocurría que a lo mejor sus compañeros de clase estarían mejor allí. ¡Qué bien se vería Petia Ustínov en la jaula de los primates! A Yasha este Petia le resultaba particularmente antipático, pues siempre estaba burlándose de él por las gafas, solía arrebatarle la merienda y le pegaba goma de mascar en el pupitre. Yasha tenía todos los pantalones llenos de marcas de goma de mascar en las sentaderas, y la madre siempre le reñía por ello. Como si fuese su culpa.

En fin, el chico la pasaba en el parque zoológico mejor que en casa y, sin duda alguna, mejor que en el colegio. Se sentaba en algún banco y se ponía a leer, o a veces también a dibujar. Lo dibujaba todo: las ardillas, las fieras, los árboles, la gente que pasaba, el vendedor de globos… Y, lo mejor, a nadie parecía importarle su presencia. A veces lo importunaba algún miliciano: le preguntaba si estaba perdido y si quería que lo condujese a algún sitio. Pero Yasha lograba convencerlo, utilizando diferentes tretas, de que todo estaba en orden, que esperaba a sus padres que habían ido a por un bocadillo o que se había adelantado al grupo de su clase. Sonaba tan convencido que al final lo dejaban en paz.

Pero la felicidad no le duró mucho tiempo. El viernes, cuando salía del parque rumbo a casa, se cruzó con la madre, quien iba acompañada del subdirector del instituto, Mijaíl Ilich Grosman. No se sabía si la madre estaba más perturbada por sorprender a Yasha fuera del colegio o porque el chico la hubiera sorprendido del brazo de Mijaíl Ilich. Tratando de disimular los nervios, comenzó a proferirle al chico todo tipo de improperios y terminó por agarrarlo del cuello y conducirlo casi a rastras hasta el tranvía, dejando plantado en el acto al propio Mijaíl Ilich.

De más está decir que la riña y el castigo duraron aun otra semana. Y en el colegio, ¡vaya la que se armó! Que si al despacho del director, que si consejo disciplinario… A la cuidadora que lo había dejado salir cada tarde casi la expulsan, pero Yasha, a regañadientes, pronunció un acto de constricción mediante el cual acarreaba toda culpa y exoneraba a la cuidadora de responsabilidad. Esta, de todas maneras, no se libró de una amonestación, y a partir de entonces se encargó de hacerle la vida más difícil al chico. La cosa tampoco fue demasiado lejos para Yasha, gracias a sus resultados académicos y a su buena disciplina. Pero desde ese momento todo el profesorado comenzó a mirarlo con recelo. Los condiscípulos de Yasha, por otra parte, no ocultaron su satisfacción porque este hubiera caído en desgracia. Sin embargo, algunos de sus más acérrimos enemigos comenzaron a verlo con otros ojos, disminuyeron las ofensas y en general le dieron menos la lata.

En casa ocurrió otro tanto. La madre estuvo hecha una fiera durante una semana, pero luego fue calmándose los humos y a los pocos días incluso comenzó a tratar al chico con una deferencia impropia. Casi lo malcriaba, y Yasha sospechó que la madre buscaba algo con todo esto. De seguro algo relacionado con Mijaíl Ilich y la escena que había presenciado a la salida del parque zoológico.

Mijaíl Ilich le resultaba a Yasha de algún modo simpático. Era un hombre de mediana estatura, de rizos color cobre y nariz prominente. Como Yasha, también llevaba gafas y, hasta donde sabía, por haberlo visto en el trabajo de la madre, era atento y rezumaba buen humor. Así que el chico no tuvo nada que objetar cuando la madre decidió llevar un día a su subdirector a cenar a casa. Ese día se horneó salmón, se preparó un puré de papas con mantequilla y se bebió un licor de cereza del que incluso Yasha pudo probar un sorbo. Al final de la velada, todos estaban felices. Mijaíl Ilich había llevado, de regalo para el chico, un tablero de ajedrez portátil, y luego de la cena se pusieron a jugar una partida. Yasha derrotó a su oponente y Mijaíl Ilich se excusó diciendo que había bebido demasiado.

Así fue como, poco a poco, los que hasta el momento habían sido sólo dos en un pequeño apartamento comenzaron a ser tres. Juntos salían al cine o a comer a algún restaurant. Incluso, ese verano fueron a un balneario en el Cáucaso. Todo marchaba a pedir de boca. Para Yasha, hasta la escuela dejó de ser un sitio aborrecible. Eso sí, nunca llegó a disfrutar del colegio, pero al menos el ambiente allí se había pacificado, y siempre había un motivo feliz para esperar el timbre de salida.

¶

–¡Oye! –la voz desconocida le gritaba al oído–. ¡Despierta!

Yasha abrió los ojos. Ante sí tenía al «simulador», el de la cama contigua.

–¿Ya es hora del recreo? –la voz de Yasha pareció salir de lo más recóndito y atravesar varias capas de neblina gruesa. El otro lo miró con sorna.

–¿Recreo? ¡Qué recreo ni que ocho cuartos! Has estado durmiendo como un bendito.

–¿Y entonces? –preguntó Yasha sin entender.

El «simulador» se sentó en el borde de la cama, apoyando las manos sobre la sábana. Su piel llena de pecas contrastaba con el blanco del entorno, como la salpicadura de sangre sobre una pared de cal.

—Te has perdido el recreo —miró a Yasha con lástima—. Intenté despertarte, pero la enfermera Natalia Ivánovna... ¿la conoces?

—La conozco.

—Pues dijo que te dejara dormir, que debías de estar muy cansado.

A Yasha el cerebro le funcionaba aún a media máquina. Le tomó un tiempo comprender que su plan se había ido al garete. Es cierto que no era un plan brillante, pero en la sencillez estaba la clave del éxito. Sin embargo, había fallado, aunque no había sido totalmente su culpa: Natalia Ivánovna había impedido que lo despertaran.

¿Y si —pensó Yasha—, ella se hubiera enterado de su plan? Quizá había hablado dormido en el momento en el que entraba la enfermera; o antes, y el «simulador» había ido con el chivatazo. Yasha miró al otro con desconfianza.

—¿Y qué se hace ahora? —preguntó.

—Es casi la hora de la cena —El tono de voz del «simulador» era ahora de angustia. No obstante, hizo un esfuerzo por sonreír—. Pronto vendrá la enfermera a llevarnos al comedor. ¡Y luego nos proyectarán una película!

Yasha no estaba para películas. Recordó las sesiones de material «educativo» en el colegio: las charlas aburridas de los maestros, los bostezos y los chistes de mal gusto de sus compañeros. Miró a la puerta, a la espera de que en cualquier momento se asomara la figura de Natalia Ivánovna. Se acercó al borde de la cama y comenzó a abrocharse las sandalias. El «simulador» se puso de pie y adoptó cierto aire solemne.

—A propósito, mi nombre es Pável Ransójov. Todos me llaman Pasha.

—Mi nombre es Yakov Lansky —comenzó a decir, pero el «simulador» lo interrumpió.

–Yasha… Ya lo sé. Natalia Ivánovna me ha hablado de ti.

¶

El comedor estaba en la planta baja, al fondo del pasillo. Tras unas puertas corredizas, se accedía a lo que en su tiempo debía de haber sido el salón de fiestas de la quinta, ahora repleto de mesas, cada una para cuatro comensales. Las mesas estaban dispuestas en filas y entre todas formaban cuadrículas perfectamente alineadas, como las de un cuaderno de matemáticas. De las paredes colgaban carteles educativos que sentenciaban que una dieta sana equivale a una buena salud mental.

El salón olía a sopa de col y a papas hervidas. Yasha lo recorrió con la mirada: todo repleto de chicos más o menos de su misma edad. Le resultaba increíble que un comedor lleno de adolescentes conservara tal quietud. Agarró una bandeja y se puso en la fila de la cantina. Cuando llegó su turno, una cocinera rechoncha con un gorro de plástico transparente le sirvió un plato de sopa, otro con las papas y un vaso de leche. El chico buscó una mesa libre entre la multitud, pero no halló ninguna. Entonces el «simulador» le haló de la manga.

–Ven. Por aquí.

Pável Ransójov, el «simulador», lo guió hasta una mesa del fondo. Chicos y chicas los miraban de reojo, sin apartar la vista de sus platos de sopa. Todos, con la cabeza gacha, engullían con parsimonia rayana en desgano. Yasha tampoco los miró. Se limitó a seguir al «simulador», pero una especie de aprensión lo mantenía tenso, incómodo. Era como el primer día de colegio. Yasha se sentó a la mesa sin hacer caso de la sopa de col.

–Aquí no puedes fiarte de nadie –dijo el «simulador» al notar la incomodidad de Yasha–. Si te das la vuelta, ¡zas! Te clavan un puñal por la espalda.

Yasha pensó en qué sucedería si le daba la espalda al «simulador». De repente le preocupó la idea de compartir el dormitorio con él. No podía fiarse de él tampoco. No debía fiarse de nadie. De todos modos ya tenía su objetivo definido, lo que le faltaba era el plan adecuado. Esperaría al día siguiente, para conocer mejor el sitio y encontrar sus puntos débiles. Le resultaba sospechosa la aparente falta de seguridad de la clínica. Junto a la verja de la entrada había una garita, pero estaba vacía. La misma verja no parecía demasiado difícil de franquear. Eso sí, quizá habría algún que otro enfermero vigilante, pero en cualquier caso no bastarían para estar pendientes de tantos internos. ¿Podría ser que a nadie se le hubiera ocurrido fugarse de aquí? Yasha miró la multitud que poblaba la sala. Parecía un rebaño en un pastizal. Sin embargo, era improbable que nadie antes que él lo hubiese intentado. El chico recordó la imagen del «simulador» en la enfermería. ¿Les inyectaban a los internos sustancias que inhibían las ganas de escapar? Definitivamente no se podía confiar en nadie. Hasta la misma agua podría contener algún tipo de narcótico. Yasha miró el plato de sopa.

–¿Qué te pasa? –preguntó el «simulador»–. ¿No tienes hambre?
–No quiero cenar.

Pável Ransójov abrió desmesuradamente los ojos.

–Debes comerla… si no…

–¿Si no…? –preguntó Yasha desafiante. El otro entornó los ojos tímidamente hacia su derecha. Al fondo del comedor, junto a las ventanas, había apostados cuatro enfermeros. El más cercano parecía haber estado mirándolos hacía un rato.

El chico no era capaz de imaginar qué pasaría si no engullía la sopa. Recordaba que, tanto en el colegio como en el jardín de la infancia, se castigaba a los que se negaban a ingerir alimento, pero el castigo solía consistir en quedarse sin recreo o repetir infinitas veces las tablas de multiplicar. Eran castigos tediosos, no cabía duda, pero de ningún modo terribles. Sin embargo, algo en este sitio le daba escalofríos, y la mirada del enfermero contribuía grandemente a ello. Yasha optó por, al menos, simular que comía.

—¿Acaso tiene espinas? —la gruesa voz del enfermero tronó en su oído.

Yasha volteó la cabeza. Ante sí se hallaba la figura imponente del hombretón que había llevado su valija.

—Debes comer toda la sopa. Tiene vitaminas que te harán crecer saludable.

El chico se preguntó cuánta sopa de col habría tomado el enfermero durante su crecimiento. Se llevó una cucharada a la boca. La sopa era insípida, pero se podía tragar. Sorbió otra cucharada. Poco a poco el paladar se fue acostumbrando al sabor. Cuando ya había vaciado medio plato, el enfermero, complacido, regresó a su sitio junto a la ventana.

—¿Qué quisiste decir antes? —le preguntó al «simulador» una vez fuera del salón.

Pasha miró alrededor antes de contestar. Esperó a que pasaran dos chicas que se dirigieron a la sala de proyecciones.

—Aquí no ven con buenos ojos la indisciplina —dijo—, y rechazar la comida va en contra del reglamento. A Danko Shegal, del dos B, lo llevaron a la «perrera de Pávlov» por verter sus alimentos en el suelo.

Yasha se quedó pensativo. Quiso preguntar qué era la «perrera de Pávlov», pero el otro se adelantó.

—Ese que se nos acercó era Igor Matvéevich. No todos los enfermeros son como él.

Las palabras de Pasha, el «simulador», creaban más interrogantes que respuestas.

De repente un tropel de chicos, guiados por los enfermeros, emergió del comedor en dirección a la sala de proyecciones. Yasha y el «simulador» no tuvieron otro remedio que unirse a la avalancha. Yasha miró de reojo a Igor Matvéevich, a quien había decidido apodar «Hércules». El enfermero conducía al rebaño con actitud paternal y su deferencia se notaba en la conducta de los chicos que tenía alrededor.

Más tarde en la noche, cuando ya habían apagado las luces de las habitaciones y todos los internos debían de estar acostados en sus camas, Yasha intentaba conciliar el sueño. Pensaba en los sucesos del día, en la miríada de sentimientos contradictorios que había experimentado. Lo único que le proporcionaba cierta tranquilidad era su plan de fuga. Pensó en su casa y en lo lejana que parecía ahora. Apenas un día en este sitio se le antojaba una eternidad. Pero su casa había dejado de ser un hogar hacía mucho.

—Pasha —dijo con la esperanza de que el otro aún no se hubiera dormido—, ¿cuánto tiempo llevas aquí?

Su vecino apenas emitió un par de sonidos ininteligibles y cambió ruidosamente de posición. Yasha lanzó un suspiro. El silencio, como un manto apenas quebrado por instantes, volvió a cubrirlo todo en derredor. El chico se volteó a la derecha, acomodó la mano debajo de la almohada y cerró los ojos.

II.

Una vida común y corriente

Yasha abrió los ojos. Después de una semana, en el Sanatorio se había acostumbrado a levantarse varios minutos antes del llamado. Eso le daba la oportunidad de tener conciencia de los últimos momentos que pasaba en la cama, antes de que vinieran a despertarlo. Sin embargo, esta vez no quiso continuar acostado. Se incorporó y se dispuso a esperar con paciencia a que llegara la enfermera. Su compañero aún roncaba, a pesar de que el sol estival convertía la habitación en un baño de luz. Yasha lo miró: el pelo rizado y cobrizo, las pecas que le cubrían toda la cara, ocultando el blanco. Se preguntó por qué estaría aquí. El Sanatorio era un almacén de despojos. Todo lo que nadie quería iba a parar a este lugar. Había internos de casi todas las etnias: armenios, georgianos, ucranianos, polacos... Pero la cantidad de inquilinos de origen hebreo —diez, en una población de sesenta—, aunque pequeña, era significativa. Estaban él mismo y su vecino, Pável Ransójov, en el dos E; Yuri Mechnikov y Misha Selman, en el dos F; Yitsak Perl en el dos C y, claro, Danko Shegal, en el dos B. También había algunas chicas judías, cuatro exactamente: Yulia Aronovska, Masha Perets, Advotia Shteinberg y Natasha Bloj. Yasha se había aprendido todos sus nombres en la semana. Nunca antes había estado en un sitio con tal concentración de hebreos, fuera del ámbito familiar o en el instituto donde trabajaba la madre. Esto le provocaba la idea de estar en un campo de concentración. En cualquier caso, era notable la ausencia de moscovitas.

A pesar de todo, Yasha resistía estoicamente sus miedos y preocupaciones, su desprecio por los otros chicos y la aversión a enfermeros y doctores. Hacía una semana que estaba en este sitio y aún no había concretado su plan de fuga. ¿Qué lo detenía? La verja era una barrera risible, y el guardia de la garita, como él mismo había comprobado, apenas daba señales de vida, aun cuando Yasha se había atrevido a cruzar el portón y había desandado el camino hasta la carretera. No, en realidad no se encontraba preso. Es cierto que la carretera que supuestamente conducía a la ciudad se veía desolada, que todo en derredor eran campos y bosques sin huella de alma humana, que ni siquiera recordaba en qué dirección quedaba la ciudad y que a esta la presentía muy, muy lejos. Yasha escapaba cada tarde, a la hora del recreo; se escabullía de la vigilancia de los enfermeros y cruzaba el portón, recorriendo el camino hasta la carretera, aunque sin acercarse demasiado al borde. Allí, oculto entre la maleza, espiaba todo lo que pasara por el lugar, que era bien poco. Por lo general se trataba de camiones de carga que iban o venían esporádicamente y pasaban como bólidos hiriendo el asfalto. Alguna que otra vez se podía ver un automóvil, y el chico incluso había comenzado a añorar que uno de esos automóviles viniese a buscarlo para llevarlo de regreso al hogar. ¡Ah, el hogar! Yasha extrañaba terriblemente su vida anterior. Añoraba los tiempos pasados, su cuarto, su ventana que daba al patio por el que se podía escuchar las voces de los vecinos, por donde se colaba en verano el aroma de los guisos del edificio. Añoraba también a su madre, aquel calor que algún día había sentido y había creído único, suave y protector.

§

Había pasado un año después de la muerte del padre. Yasha casi no recordaba su aspecto, pues apenas contaba seis años la última vez que lo había visto, poco antes de que se marchara a la guerra. Sin embargo, el chico recordaba perfectamente el momento en que le habían dado la noticia. Su tío Grígori Lazarevich había ido a buscarlo al colegio, y habían conversado de cosas sin importancia hasta llegar al apartamento, donde esperaba la madre. Al llegar, ella se le había echado en brazos, cubierta de lágrimas, y le había dado la noticia entre sollozos. Entonces Yasha se había zafado del abrazo, serio, despiadado. Había corrido hasta su habitación y se había tumbado boca abajo sobre la cama. A pesar de todo, no había conseguido llorar.

Y ya había pasado un año de todo esto. El chico apenas si pensaba en el padre. Solo de vez en cuando un lejano olor, el timbre de una voz, un ruido de pasos junto al portal le traían de vuelta el recuerdo del padre, las luces del pasado, el aroma del pegamento de los aviones de plástico, las visitas al circo —que la madre detestaba pero el padre adoraba—, la vida sin muerte que fluía feliz en un pequeño apartamento de la Malenka Brónnaya. Y ese día había tenido algo de ese aroma especial, de esos murmullos, ecos de los días felices. Yasha estaba en el aula, en el segundo piso del colegio, sentado junto a la ventana, a través de la cual se veía el patio y, más allá, la reja del portón. El chico miraba al vacío por el cristal, mientras la profesora de matemáticas dictaba un problema sobre la velocidad de dos trenes. Yasha imaginaba los trenes coincidiendo en un mismo cruce, sin que diera tiempo a cambiar los rieles. Imaginaba el estruendo, los trozos de metal volando en todas las direcciones cuando, de repente, un rostro familiar asomó del otro lado de la reja. El chico se estrujó los ojos y se acomodó las gafas. ¡No podía creerlo! ¿Acaso podía ser cierto que...? Pidió permiso para ir al lavabo y bajó las escaleras sin aliento. Salió al patio, alcanzó la reja en pocos segundos. Ya no había nadie. A lo lejos, por la acera, una figura delgada se alejaba, con el cuello del sobretodo levantado. Pero ese modo de andar, el pelo enmarañado, el aroma de tabaco que aún impregnaba el aire… Yasha se pegó a la reja. El corazón le latía contra las barras de hierro. Aferró las barras y levantó el cuello para gritar. «¡Papá!», fue todo lo que pudo decir, luego de vencer el nudo en la garganta. «¡Papá!», gritó otra vez, y otra, pero la figura no se volvió; por el contrario, pudiera decirse que apretaba el paso para perderse en la distancia. Yasha observó al desconocido hasta que apenas era un punto indistinguible. Entonces se volvió hacia el edificio, hacia la ventana de su aula. Del otro lado del cristal los chicos señalaban y reían.

Nunca le dijo a su madre que lo había visto. Ella pensaría que estaba loco o que se había confundido. ¡Si ni siquiera había podido verle bien el rostro! Tan sólo lo había intuido, había creído ver al padre muerto a través de la bruma del aburrimiento y el cristal empañado del aula. No, la madre no le creería jamás. En cualquier caso lo abrazaría llorando y le diría que ya pasó, que es natural que lo extrañe, que ella, ¡por supuesto!, aún lo extraña. Y luego le diría que fuera a hacer la tarea, que ella aún debía preparar la cena. Y lo habría mirado de reojo mientras él caminaba hacia la habitación, preocupada. No, Yasha no le contaría, pero no sólo porque ella no le creyera. Había decidido que ese sería su secreto. Un secreto doloroso que a veces se moría por compartir, que se le apretaba el corazón por no preguntar; pero también era una cierta complicidad con aquel desconocido que se había asomado a la reja, trayéndole el recuerdo de su padre.

§

La enfermera Natalia Ivánovna abrió la puerta. Miró a Yasha, que ya estaba sentado sobre el borde de la cama, oteando el cielo a través de la ventana. El chico no se volvió para ver el rostro sorprendido de la enfermera, aun cuando ella se acercó para verle de cerca, fingiendo ir a despertar al otro, que aún dormía. Natalia

Ivánovna le rozó el brazo, como para cerciorarse de que el chico estuviera vivo. Yasha apenas se inmutó, bajó la cabeza y se quedó mirando los pies de la enfermera, sus medias blanquísimas y sus zapatos de nieve.

—¿Ya es hora de levantarse?

Natalia Ivánovna asintió. El desayuno esperaba. Afuera ya los otros chicos dejaban sus habitaciones y bajaban la escalera en tropel. Yasha calzó sus sandalias mientras el «simulador» estiraba los brazos y se enjugaba el rostro.

Después de una semana, Yasha conocía toda la rutina del Sanatorio. Primero, pasar por la enfermería para recoger sus píldoras matutinas. Luego el desayuno y salir al patio a ejercitarse y tomar el aire. O quizá algún paseo –vigilado– por el bosque, o una excursión a bañarse en el lago cercano. Más tarde, el almuerzo, la siesta, el recreo, otra excursión, las consultas de los doctores o los exámenes psicométricos de rigor; y a la noche la cena y una película, un debate o un recreo póstumo antes de dormir. Esa era la vida diaria en el Sanatorio, no demasiado diferente a la vida en condiciones normales.

En el patio, también todo seguía una rutina, movimientos predecibles. Yasha había identificado y apodado a todos los grupos que habitaban el lugar, y conocía sus mañas y sus horarios. De un lado estaban los «efusivos», que se pasaban el tiempo brincando o intentando colar una pelota de básquet en el canasto. Entre estos estaba el «simulador», y Yasha a veces también se les sumaba –cuando no se sentía demasiado entumecido por los medicamentos–, pero sin llegar a pertenecer al grupo. Cerca de los «efusivos» se sentaban los «fantasmas», chicos y chicas de movimientos extremadamente lentos, imperceptibles, que podían estar horas mirando a los otros lanzar la pelota al aro. Uno de estos «fantasmas», un chico armenio llamado Artiomka, podía quedarse durante un rato interminable –Yasha lo había comprobado– observando cualquier prenda que uno llevara encima: la más insignificante… y luego, de sopetón, la pedía como si tal cosa. No eran, sin embargo, estos «fantasmas» para nada peligrosos o agresivos, y el mismo Artiomka, ante las reincidentes negativas se limitaba a regresar a su estado de contemplación.

En el otro extremo del patio estaban los «perezosos», parecidos a los «fantasmas», pero siempre mirando al suelo, como si no existiera nada más. Mientras que los «fantasmas» podían sorprenderte apareciendo repentinamente e interpelándote de modo incomprensible, los «perezosos» más bien semejaban dinosaurios de andar monótono, animales moribundos que se saben cerca de la extinción. Completaban el cuadro los «solitarios» y los «histéricos», ningunos de los cuales se agrupaba con otros chicos, sino que andaban esparcidos por todo el patio. Los segundos eran del tipo pendenciero, siempre buscando llamar la atención. Sin motivo alguno agarraban de repente las pertenencias de los «perezosos» o de los «fantasmas» y se echaban a correr riendo histéricamente. Estos eran los que más trabajo daban a los enfermeros y pasaban más tiempo encerrados en la «perrera» o atados a sus camas que en el patio. Los otros, los «solitarios», sencillamente deambulaban sin hablar con nadie o se sentaban en algún rincón, absortos en sus pensamientos, pero sin la mirada vacía de los «perezosos». Entre los «solitarios» se encontraba el famoso Danko Shegal del dos B.

Otra clase peculiar eran los enfermeros. Además de «Hércules», Yasha había identificado a otros tres: uno al que llamaba el «Aristócrata», pues prefería mezclarse con los doctores y trataba a los internos con evidente desprecio; los otros dos solían andar juntos y el chico los había apodado «Se-puede» y «No-se-puede», pues eran idénticos a dos personajes así llamados de una película animada. Estos dos últimos eran los que estaban ahora en el patio. Eran muy diferentes entre sí, tanto en el aspecto físico como en lo que toca al carácter: «Se-puede» era regordete, de rasgos redondeados, sonrosado y jovial, mientras que «No-se-puede» era seco y magro, anguloso, el ceño siempre fruncido y la piel amarillenta, con algo de gris. Sin embargo, a pesar de tales diferencias, parecían complementarse y era rara la vez que se los viera aislados. A Yasha ninguno de los dos le despertaba simpatías, a pesar de que «Se-puede» era —podría decirse—, afable, aunque su apodo se debía más a su aspecto que a su propensión a permitir la indisciplina. El único de los enfermeros que demostraba cierta comprensión hacia los internos era «Hércules» y, aunque su posición lo obligaba a ser inflexible, trataba a los chicos con algo que podía interpretarse como compasión.

En el área deportiva, la que comúnmente poblaban los «efusivos», ahora Pável Andréevich, el «simulador», probaba suerte con la pelota junto a Olia Kravschenko, un interno ucraniano que había llegado al Sanatorio un par de días después de Yasha. Al acercarse el chico, el «simulador» le ofreció la pelota.

—Juega con nosotros —le dijo—. Olia lleva ganándome por siete canastas contra tres.

Pero el chico no tenía ánimos para sumarse al juego y Olia Kravschenko lo inhibía de algún modo.

—No puedo —mintió—. Las píldoras me tienen por el piso.

—Toma mucha agua —le dijo Olia arrebatándole la pelota a su compañero—. Así meas todo lo que tienes en el cuerpo.

Yasha asintió. Era conocido entre los internos el «método del agua», que permitía burlar el efecto de los medicamentos. Hizo ademán de ir a beber y aprovechó para escabullirse en dirección a la cocina. Luego, sin ser visto, cruzó el muro que separaba el patio del jardín y corrió en dirección a la verja. Pasó por debajo de la garita, agazapado, aunque el guardia ni siquiera vigilaba el portón. El chico cruzó la puerta, siempre abierta, y se internó en el camino que conducía a la carretera, a su pequeño espacio de libertad.

Se acercaba su cumpleaños. Cada año, por esa fecha, la madre lo llevaba a recorrer las jugueterías de la ciudad. Allí, Yasha decidía qué le gustaría recibir ese año como regalo y luego la madre escogía entre las propuestas lo que más se acercara a sus posibilidades económicas. El día del cumpleaños, Yasha despertaba temprano y encontraba el regalo elegido.

—Quiero un Mekano —había dicho el pequeño Yasha en la juguetería, frente a una caja de piezas de construcción.

—Ya tienes varios —replicó la madre—. ¿Para qué quieres otro?

Yasha se mantuvo en sus trece.

—Los que tengo ya están viejos. Les faltan piezas… ¡Necesito uno nuevo!

La madre sacudió la cabeza. Cuando el chico se empecinaba, no había nada que hacer. Salieron de la juguetería y se sentaron en la barra de la sección de alimentos. La madre pidió dos helados. Yasha se comió el suyo de un tirón y se embarró la camisa. Entonces la madre pidió un vaso de agua a la dependienta, mojó su pañuelo en el vaso y se dispuso a limpiar al chico.

—¡Déjame! —gritó Yasha—. ¡Es embarazoso!

La madre se quedó petrificada, con el pañuelo húmedo en actitud de alcanzar la mancha en la camisa. Miró alrededor. La dependienta miraba de reojo, simulando una cuenta con el ábaco. Yasha bajó la cabeza y apretó los puños. La madre suspiró. Guardó el pañuelo y pagó la cuenta del helado.

La mañana del cumpleaños, Yasha abrió los ojos con cierta zozobra. Ya había olvidado el incidente de los helados, pero no se sentía del todo feliz. Había algo en el ambiente que lo hacía sospechar que aquel no sería un cumpleaños normal. El chico aún no quería levantarse. No quería mirar al sitio, a los pies de la cama, donde la madre siempre colocaba sus regalos de cumpleaños. Cada año era igual: Yasha despertaba y, junto a la cama, sobre la alfombra, se hallaba el juguete o lo que fuera que hubiera elegido. Así había sido siempre, desde que podía recordar. En otras ocasiones, el sistema era distinto: la madre le dejaba una nota con indicaciones de buscar en otro sitio, en el que el chico encontraba otra nota que lo conducía a otra y así, hasta que, después de revisar estantes, armarios y cestos por toda la casa, en el último rincón encontraba el pote de mermelada, la caja de confituras o un regalo totalmente insólito. Pero los días del cumpleaños el ritual era sencillamente despertar y deslumbrarse ante lo que hubiera sobre la alfombra. En años anteriores había encontrado así lo mismo la caja de un Mekano, un avión o una nave Soyuz para armar, una pelota de fútbol o una cámara Smena. A Yasha, el regalo siempre le parecía sorprendente y maravilloso –aunque él mismo lo hubiera elegido–, y siempre salía corriendo a abrazar a la madre, que invariablemente esperaba ese momento ansiosa tras la puerta.

Al fin, la curiosidad fue más fuerte que el temor. Yasha se sentó sobre la cama. Sobre la alfombra había un paquete, envuelto en papel de regalo. El paquete era un poco pequeño, pero aun así… ¿podría ser? El chico se puso de pie, casi corrió a agarrar el paquete. Lo sostuvo en sus manos, comprobando el peso. Se pegó a la puerta, a ver si escuchaba a la madre, si su respiración la delataba, pero sólo se sentía el polvo volando en brazos del aire. Entonces Yasha no pudo resistir y desgarró el papel. Dentro, en lugar de lo que él sospechaba era una caja, sólo había un libro con una tarjeta adherida a la cubierta. «Porque sé que crecer es difícil,», comenzaba diciendo la tarjeta, «y quizá este libro te ayude –nos ayude– a ser otra vez los dos contra el mundo… Mamá». Yasha despegó el trozo de cartulina. El libro exhibía un dibujo de tres chicos en traje de marinero, bajo el título: «Los tres de la plaza de los cañones». Al chico esto le pareció una broma, una de mal gusto. No era que no le gustaran los libros, los tenía por montones que leía y releía una y otra vez. Pero nunca, en su cumpleaños, le habían regalado uno. Al menos no así, no su madre. Yasha quitó los restos de papel de regalo y hojeó el libro. Páginas y páginas que de pronto no le decían nada, o que él no quería que le dijeran nada. No quería ese libro, con sus palabras estúpidas y sus ilustraciones estúpidas y todo ese montón de letras para nada. «Porque sé que crecer es difícil...». Decía la madre en la tarjeta. No, mamá, no lo sabes... No tienes ni idea de cuán difícil es crecer, porque tú lo hiciste hace mucho y ya lo has olvidado, y un estúpido libro con ilustraciones estúpidas no te lo va a recordar. El chico abrió el libro de par en par y comenzó a rasgar las hojas, a hacerlas pedazos. Luego tiró los restos en un rincón, se lanzó boca abajo sobre la cama y se tapó la cabeza con la almohada.

Escuchó entrar a la madre, pero no se destapó la cabeza. Tras unos minutos de sentirla alrededor, asomó un poco, sin que ella lo viera. La madre recogió los trozos del libro, los aferró en un remolino de papel contra su pecho y abandonó la habitación. Ni siquiera miró atrás al cerrar la puerta.

ℸ

Yasha regresó cabizbajo por el camino, en dirección al muro que separaba el jardín del patio donde aún debían estar los internos. De repente, tras un abeto, apareció Danko Shegal, el inquilino del dos B a quien, según el «simulador», habían encerrado en la «perrera» por arrojar sus alimentos. Yasha habría querido hablar con él casi desde el primer encuentro. Algo en su rostro, en su manera de andar y en su aparente desprecio por todo le inspiraba confianza. Sin embargo, a pesar de que —al menos un par de veces— había estado a punto de hacerlo, en el momento de acercarse había desistido y no había pronunciado una palabra. Pero ahora era Danko el que se acercaba, el que aparecía de improviso. «¿Qué querrá este?», pensó

Yasha, y al instante se dio cuenta de que Danko Shegal era quizá el único inquilino a quien no había puesto mote; tal vez porque, sin quererlo, le provocaba cierta admiración. En otro momento Yasha se hubiera sentido emocionado por el encuentro, quizá incluso hubiera llegado a decirle cualquier cosa. Yasha había tenido pocos amigos en su vida, no porque los otros lo rechazaran de plano, sino porque él mismo no se atrevía a relacionarse abiertamente con los de su edad. Con Danko Shegal le pasaba una cosa curiosa: algo lo impelía a buscar, casi a solicitar, la amistad del chico. Pero no en este momento. Ahora, para Yasha, el encuentro, en lugar de agradarle, lo contrariaba. «¿Y este de dónde sale». Los pensamientos del chico se dirigían hacia la sospecha. «¿Habrá visto de dónde vengo? ¿Y si le va a algún enfermero con el chivatazo? A lo mejor ahora quiere chantajearme». Yasha siguió, con la cabeza gacha, y apretó el paso para evitar al otro.

—¡Oye! —dijo de repente la voz a su espalda.

Yasha frenó en seco. Dudó un segundo y se volteó para encarar al otro. Danko Shegal era dos años mayor y un palmo más alto. Llevaba el pelo —espeso y muy negro— un poco largo, con un cerquillo que casi le cubría los ojos.

—Sé lo que haces —dijo en un tono que Yasha no pudo descifrar—. Quieres escapar, ¿no es cierto?

Al chico le dio un salto en el estómago. ¿Sería eso, después de todo? Yasha se había hecho una idea de este Danko, lo había creído alguien de verdadero interés y valor, entre toda la masa inútil que poblaba el Sanatorio. Y ahora, ¿resultaba ser un simple chantajista, o peor, un espía? El otro debió darse cuenta de su incomodidad, porque sonrió de un modo que ahuyentaba cualquier tipo de recelo.

—Yo he estado pensando en escapar desde que llegué a este sitio —dijo en un tono suave y despreocupado.

Yasha no bajó del todo la guardia, pero cambió el brillo de la mirada. Danko calló unos segundos y se puso a rascar la corteza del abeto antes de volver a hablar. Luego, con cierto aire triunfal, añadió:

—Ahora sé cómo hacerlo.

Y, sin esperar respuesta, le dio la espalda a Yasha y volvió a internarse entre los árboles.

¶

Yasha regresó a la habitación. Pronto sería la hora de la siesta y quería aprovechar que el «simulador» aún no andaba por allí. Quería estar solo al menos un instante. Se pegó a la puerta para escuchar si alguien se acercaba. Nadie. El corredor y la escalera estaban despoblados. Quizá le quedaban algunos minutos antes que el tropel de chicos invadiera el pasillo, cada cual en dirección a su cuarto. Yasha abrió el armario, extrajo la maleta de cuero con sus pertenencias y desató las hebillas. Todo en orden. Nadie había hurgado entre sus cosas. Apartó la ropa y sacó el libro, el único que había decidido traer cuando abandonó su casa: *Los tres de la plaza de los cañones*, el que le había regalado su madre en el día de su décimo cumpleaños. Abrió la tapa de pasta y pasó el dedo por las páginas, pegadas con cinta adhesiva, como cicatrices. Yasha recordó a su madre pegando las hojas rasgadas, con cuidado, como si curara a un hijo. Recordó cómo, luego de pegarlo, lo guardó en su habitación, en la gaveta de su mesa de noche, sin decir una sola palabra, mientras el chico la espiaba de cerca. De esa misma gaveta él había extraído el libro, días después, y lo había ocultado debajo del colchón de su cama. Esa noche —y todas las noches posteriores—, antes de dormir, Yasha se quedó leyéndolo hasta tarde, hasta que los párpados se le cerraban y no podía continuar. El día que su madre lo trajo al Sanatorio, el chico había sacado el libro de su escondite debajo del colchón y lo había guardado en la maleta, entre su ropa, sin que la madre lo viese.

¶

Cuando Yasha tenía seis años, el padre lo llevó a Lvov, cerca del borde de Ucrania y Polonia, para visitar al abuelo. Fue esa la única vez, y fue un viaje largo y tortuoso, en tren, primero desde Moscú hasta Kiev y luego desde allí hasta Lvov. Al principio todo era nuevo, divertido, pero después se volvió monótono, al punto que el chico no podía estarse quieto en el asiento. A cada rato tenía ganas de ir al baño y el asiento le resultaba incómodo. Cada vez que el tren se detenía, era un alivio poder ponerse de pie y estirar las piernas. Yasha quería bajar en cada estación, y le agitaba la manga de la camisa al padre para que le comprara chucherías, monigotes, cualquier cosa que los vendedores exhibieran en la plataforma. En Kiev hicieron un alto, antes de seguir viaje en otro tren, y pasaron la noche en la ciudad, en casa de unos amigos del padre que vivían del otro lado del río, en un apartamento de los nuevos barrios.

Salieron de la estación y tomaron un tranvía que pasaba. Yasha lo miraba todo y todo le resultaba nuevo.

—Papá, ¿qué árboles son esos?

—Son castaños —respondía el padre un poco cansado.

Y Yasha se quedaba mirando los castaños, con sus hojas anchas que se agitaban al viento, como saludándole.

El tranvía pasó por sobre un puente que cruzaba el río.

—Papá, ¿este río también se congela?

Una estudiante sentada frente a ellos sonrió. El padre hizo una mueca y sonrió también.

—Todos los ríos se congelan. Menos los grandes ríos del trópico.

El chico se quedó mirando la ventanilla.

—¿El trópico está muy lejos? —preguntó tras unos segundos. El padre le tocó la frente, como buscando algún indicio de fiebre.

—Hoy estás especialmente parlanchín —Miró a la estudiante y luego a la ventanilla—. Sí, el trópico está muy lejos, más allá de la estepa.

Podría decirse que así era siempre, cada vez que salían juntos de casa, ellos solos –lo cual tampoco era muy a menudo, pues el padre siempre estaba lejos, trabajando–. Yasha preguntaba todo, quería saberlo todo, más con ánimo de comunicarse con el padre que de importunarlo con preguntas. Lo que no preguntaba se lo imaginaba según sus propias reglas, su propia lógica infantil. Sin embargo, este viaje largo y tan apartado de casa le planteaba más interrogantes de las que su mente podía responder. Debía estar muy cansado por el viaje, pero su mente bullía de inquietud y transmitía ese estado inconstante al cuerpo, haciendo que no parara de hablar y de moverse.

El barrio a donde iban era efectivamente nuevo. Los edificios relucientes, los jardines bien cuidados, la ausencia de charcos en la calle daban la impresión de un paraíso de juguete, como una de esas maquetas de exposición. Todos los balcones eran iguales y aún los vecinos no les habían dado ese toque propio que rompe la monotonía. La vida parecía allí llevarse muros adentro, al menos a esa hora en que ya no había chicos correteando por los patios y pasillos. Todo, además, estaba densamente iluminado, lo que provocaba una imagen irreal que, más que la foto de un lugar verídico, parecía la escena de un sueño. Yasha y su padre entraron a uno de los portones. El elevador esperaba. El padre marcó el número del piso y el mecanismo nuevo se accionó, alzándolos en dirección vertical y vertiginosa. Días después, Yasha no recordaba cómo habían llegado al apartamento. Las experiencias del día habían hecho mella en su pequeño cuerpo y su mente comenzaba a aletargarse. Las caras le resultaban algo borrosas y, de pronto, se vio a sí mismo en una habitación confortable, en penumbras, sobre una cama mullida y ajena.

Se despertó en mitad de la noche. La luz intensa se colaba por la ventana y poblaba de sombras móviles la penumbra del cuarto. Yasha bajó de la cama, decidido a mirar de cerca esa noche tan iluminada. Al acercarse a la ventana, descubrió, en una esquina, un cajón del que sobresalía un montón de figuras que rápidamente reconoció como juguetes. El chico no estaba muy seguro de estar despierto. No solía andar así, a tientas en la penumbra, y menos en un sitio totalmente desconocido. Se acercó al cajón y comenzó a sacar muñecos de diversa confección, a los que la oscuridad dotaba de brillos que sugerían colores. En general se trataba de muñecas, con sus vestidos de señorita, unos citadinos y otros rurales; también algunos animalejos rellenos de algodón: conejos, erizos, oseznos suaves y felpudos. Era, indudablemente, la habitación de una niña, pues no encontró soldaditos o juegos de armar. Ante este descubrimiento, Yasha se sintió un poco mezquino, espiando en el cajón de juguetes de una chica desconocida. Miró a todas partes, por si alguien lo vigilaba, y tras colocar los muñecos de vuelta en el cajón —en el orden que le parecía habían estado originalmente— volvió a la cama y cerró los ojos, pretendiendo dormir.

Al día siguiente se levantó solo, muy temprano. Una sensación incómoda le impedía abrir la puerta y adentrarse en el resto de la casa. Tampoco quería permanecer en la habitación, y estuvo unos minutos luchando entre quedarse y salir, hasta que escuchó la voz del padre. Este y su anfitrión conversaban en la cocina, sentados a una mesita pequeña arrimada a la pared. Charlaban y reían, fumando y bebiendo café. Yasha se acercó. Ahora veía claramente el rostro del amigo de su padre que los había acogido en su apartamento. Era un hombre joven, de la misma edad del padre de Yasha, y sus rasgos le resultaban al chico muy familiares. Sin embargo, no recordaba haberlo visto nunca antes, ni siquiera en fotografías. Parecía más bien una familiaridad sanguínea, como si se tratase de un primo lejano. El padre de Yasha le agradecía la hospitalidad, les había evitado tener que pernoctar en un hotelucho cerca de la estación, a lo que el otro hombre respondía con una sonrisa, mirando al chico con cierta complicidad. Yasha se preguntó si su experiencia nocturna había sido real y, de serlo, si había sido observado. El hombre parecía saber lo que transitaba por la mente del chico. Con un gesto amable le ofreció sitio en la mesa y le sirvió un poco de leche y pan blanco con pasas. Luego se levantó de la mesa y sacó una botella de una alacena.

—¡Es un poco temprano para el vodka! —exclamó el padre de Yasha, no demasiado convencido.

El hombre sirvió dos vasos hasta el tope. Yasha miró a su padre, que miraba el vaso lleno sin decidirse. Al final, el padre agarró el vaso y lo alzó en el aire con firmeza.

—¡Hasta el fondo!

—¡Hasta el fondo! —coreó el otro.

Al chico le parecía divertido ver a los dos adultos comportarse de manera tan animada, pero no quería permanecer demasiado tiempo allí. No se sentía cómodo —podría decirse—, a pesar de la naturalidad con que habían sido recibidos. El padre lo notó y le echó a Yasha una mirada lastimera.

—Aún es pronto —dijo, sirviendo él mismo los dos vasos.

Yasha se levantó de la mesa. Salió de la cocina y se dirigió a la terraza. En verdad era aún muy temprano. Las luces de las farolas habían desaparecido y en su lugar se percibía un paisaje soleado de edificios muy blancos. Pero ese paisaje resultaba vacío, sin vida, con esa calma absoluta que reina a ciertas horas de la mañana. Abajo, en la calle, no había nadie. Todo el barrio parecía realmente un sitio fantasma, como un cementerio. Yasha nunca había visto un cementerio en su vida, pero lo imaginaba así: un lugar desolado, de una palidez exangüe, frío e irreal. Se alejó del balcón, entró en la estancia que fungía como saleta. Allí, unos pocos muebles y un piano daban la impresión de lugar habitado, pero el sitio estaba tan muerto como la calle afuera. A Yasha le llamó la atención que no hubiera fotografías. Ni una pista de la niña que debía jugar en la habitación con los muñecos.

Volvió a la cocina. La botella de vodka iba por la mitad y el padre seguía sirviendo los vasos llenos.

–Un poco más –decía–, para el camino.

§

Escapar. Danko Shegal sabía cómo hacerlo. ¡Claro!, salir era muy fácil, Yasha lo había comprobado. No había verdadera vigilancia y en los horarios del recreo a nadie le extrañaba ver un chico menos en el patio. Los enfermeros estaban demasiado ocupados vigilando a los «histéricos» y a los «efusivos» y, por otra parte, no tenían constancia de a quién le tocaba consulta o quién se hallaba haciendo pruebas. La cosa no radicaba sólo en salir, en atravesar la verja y llegar hasta la carretera. Era a partir de allí que el escape requería de un verdadero plan, de una astucia y unos recursos que Yasha ignoraba. Pero Danko Shegal, el del dos B, el que había ido a parar a la «perrera» por arrojar sus alimentos, sabía. Era necesario sacarle esa información. Quizá –pensó Yasha– su plan requería de ayuda, era algo que no podía hacer un chico solo, y por eso se lo había contado. Estaría buscando un cómplice que lo ayudara a escapar, y Yasha parecía ser el único dispuesto, o el único confiable. Este pensamiento lo regocijó.

Para Yasha, la zozobra que le producía este Danko le resultaba incómoda. Ignoraba por qué, pero necesitaba su presencia. No era la primera vez que le sucedía esto, sin embargo, pues tal zozobra la había experimentado años atrás, en Kiev, con un amigo del padre, el que los había acogido en su apartamento. Se trataba de algún modo de una afectación del espíritu que modificaba la química del cuerpo, que le hacía latir velozmente el corazón y que bombeaba sangre cargada de alguna sustancia que lo hacía andar torpemente pero feliz. De alguna manera, tanto aquel hombre desconocido, como ahora este Danko, le interesaban de modo misterioso, lo compelían a buscar su compañía, aunque jamás entablaran conversación –por otro lado, en estos casos, el chico se sentía completamente inhibido de pronunciar palabra–, como si bastara su presencia física para crear ese estado de embriaguez sentimental que lo inundaba. En el caso del amigo del padre, su aire melancólico, su hablar ronco y pausado, provocaban en su recuerdo una especie de añoranza y una fascinación que Yasha había buscado en otras personas y ocasiones, sin hallarlo –pues era un misterio que sólo se manifestaba en muy raras circunstancias–. En lo tocante a Danko Shegal, era su personalidad misteriosa, esa suerte de ferocidad juvenil, su aspecto despreocupado y un tanto femenino lo que le resultaba al chico especialmente grato. Yasha se había descubierto a sí mismo incluso remedando algunos gestos, una posición de la mirada, el modo de andar pausado y a la vez irresponsable de Danko, y toda esta mímica de algún modo le provocaba en el cuerpo una sensación semejante a la presencia del otro.

De algún modo incomprensible, esto tenía que ver también con la forma que se sentía en presencia de algunas chicas. Yasha había descubierto hacía muy poco la atracción por el sexo opuesto, y tal descubrimiento había conducido a una suerte de desenfreno, a imaginar formas y colores, y a buscar incluso el roce accidental con el cuerpo femenino. Siempre, sin embargo, había sido un acto contenido, casi censurado, que se desbordaba tan sólo en la arena de su imaginación. El chico miraba siempre a alguna de sus condiscípulas, o a alguna conocida fortuita, imaginando otras circunstancias que nunca eran las reales. En el mundo real él era incapaz de sostenerles la mirada, incapaz de acercarse y mucho menos de hablarles. En su imaginación, por el contrario, siempre se trataba de algún incidente épico, un tanto irreal, cinematográfico, que los acercaba frente a frente y conducía al abrazo sin prestar demasiada atención al diálogo, como si los personajes que veía en la pantalla de su mente no necesitaran decir para entender, porque todo lo decían los ojos y los gestos, o porque todo estaba dicho de antemano y no había necesidad de acudir a la vulgaridad del diálogo.

Todo esto a Yasha le parecía casi increíble, aunque, por otra parte, tampoco nada que debiera ser, por ley, extraordinario. Su vida, no obstante, se hallaba dividida entre dos realidades contrarias, que casi nunca —y es necesario subrayar este casi— se cruzaban. En el mundo de su imaginación, él, Yasha, era un ser melancólico y heroico, un ser completamente fuera de lo común, cuya biografía llevaba el signo de lo extraordinario, rayano en lo mágico, y en donde lo imposible era apenas un expediente fortuito. Con mucha frecuencia estos expedientes partían de la propia realidad, de experiencias que comenzaban en el mundo cotidiano, pero que, llegado el momento, se bifurcaban de lo habitual para tomar dimensiones exageradas, clímax sorprendentes, en los cuales todo era alcanzable y feliz.

En la otra mitad de su vida, podría decirse que la que estaba en el lado diurno, ninguno de estos acontecimientos llegaba a fructificar, o siquiera a tener lugar propiamente. En algunas situaciones podría vislumbrarse el otro lado, como un aliento mágico que a veces rozaba las mejillas de su vida común y corriente, pero sólo como una brisa ligera que a veces soplaba débil y se perdía en el vasto universo sin dejar más huella que un recuerdo y un suspiro. De este modo, claro está, Yasha prefería la inmovilidad del cuerpo, el letargo físico que le permitía soñar con los ojos abiertos, durante horas, sin que nadie viniera a molestarlo, a impedir esa otra vida que se formaba ante sus ojos en la bruma de la imaginación.

§

Las luces del cuarto se habían apagado hacía unos minutos, pero Yasha continuaba contemplando la penumbra del techo. Se hallaba tendido sobre la cama, con la manta hasta el cuello, y sus pensamientos eran tan vertiginosos y abundantes que le impedían cerrar los ojos y dormir. Miró a la cama de al lado, donde el «simulador» se acomodaba buscando el punto exacto en que su cuerpo hallaba la comodidad.

—Pasha —le dijo con voz queda. El otro respondió con una interjección desganada—, ¿sabes lo que dicen de la gente que está cerca de la muerte?

El «simulador no contestó», pero Yasha siguió hablando.

—Dicen que cuando uno va a morir comienza a recordar toda la vida, ¿sabes?

La única respuesta que obtuvo fue el movimiento brusco del otro sobre las sábanas, como un perro que trata de adaptar el suelo a la forma de su cuerpo. Yasha lo vio de soslayo y comprendió que el diálogo no tendría lugar. En cambio, prefirió que así fuera, pues sus palabras no iban dirigidas a nadie más que a sí mismo.

—Pasha, por alguna razón estoy recordando todo… —aquí hizo una pausa antes de continuar y lo próximo que dijo lo pronunció en voz queda, casi imperceptible— …Pasha, creo que pronto voy a morir.

III.

Ojos negros

La muerte del padre había dotado al joven Yakov Lanski de una cierta melancolía perpetua, adicional a su modo de ser taciturno e introvertido. Por una parte, se refugiaba imaginándose otra vida, una en la que todo estaba completo, y a la vez muy diferente de lo real. Llegaba incluso a imaginar –y casi a creer– que sus padres eran otros, que estaban lejos porque un accidente burocrático los había separado del hijo, pero que un día todo se resolvería y vendrían por fin a buscarlo. Por otra parte, un incidente de tal magnitud a edad temprana había anestesiado al chico contra la pérdida, lo que llegaba a manifestarse hasta en lo más simple.

Sin embargo, anhelaba en secreto algunos lazos con sus congéneres. Aquí y allá aparecían en su vida personas con quienes se encariñaba de modo sincero, aunque generalmente reprimido. La vida, por su lado, se le había declarado hostil al punto de apartarle casi todo lo que alguna vez había sido objeto de su afecto, lo que no hacía sino reafirmar su posición. Ese había sido el caso, por ejemplo, de su maestra de segundo grado, Sara Issurovna.

Sara Issurovna Shvarts era una joven profesora de inglés que había llegado a la escuela donde estudiaba Yasha a mediados del año en que el chico cursaba primer grado. Tenía poco más de veinte años, el pelo rojo oscuro, un poco corto, y los ojos color gris nube. No era especialmente alta, pero tampoco baja, y su cuerpo era delicado, un tanto frágil, pero gracioso y saludable. Vestía siempre faldas por la rodilla y blusas blancas y vaporosas, que insinuaban las formas del torso y los brazos y el color de su piel bajo la tela. Desde que Yasha la vio por primera vez el corazón le dio un brinco doloroso, como si le hubieran clavado un rayo de sol en el pecho. Y ella, por su parte, también pareció percatarse de su presencia desde el primer día, pues tampoco le quitaba la vista de encima.

Era, sin dudas, una atracción mutua la que se inició entre alumno y profesora desde el primer intercambio de miradas, atracción que fue creciendo con el paso de las semanas, pues Yasha aventajaba en inteligencia –y especialmente en el dominio del idioma inglés– a todos sus condiscípulos, incluso a los más brillantes. Por otro lado, el chico, que había olvidado hacía mucho que a la escuela se iba a aprender –pues todo lo necesario ya lo sabía de antemano, o lo aprendía espontáneamente y fuera de la institución, a través de sus lecturas–, conoció entonces a la primera persona en el ámbito escolar capaz de proporcionarle conocimientos totalmente nuevos y a la vez interesantes. Esta situación no pasaba inadvertida para los otros, que miraban con envidia y espanto cómo Sara Issurovna parecía dar la clase sólo para Yasha, mientras que este, que también lo percibía así, se explayaba en un diálogo infinito y excluyente con la joven profesora.

El caso es que un día, no se supo nunca por qué motivos, la profesora fue expulsada de la escuela. Se corrió la voz de que había falsificado su expediente, que sus clases eran incorrectas e inapropiadas, e incluso se convocó a una reunión con los alumnos y sus padres, en la que a Sara Issurovna se le llegaba a tildar de mentirosa. Yasha no entendía qué era lo que pasaba. No sabía a quién creer –aunque estaba más dispuesto a tomar partido por su profesora que por los otros–, y se sentía desencantado, expropiado de todo lo que alguna vez había tenido valor real.

Estaba sentado en un banco del patio, durante el recreo, alejado de todos, cuando vio salir a Sara Issurovna del edificio de la escuela, cargada con sus pertenencias. Los demás chicos la miraban con desprecio y con cierta satisfacción por su caída. Poco faltó para que alguno le gritara una grosería. Ella apuró el paso. Solo cuando había atravesado la verja, se volvió y miró a Yasha con una mezcla de vergüenza y pesadumbre. El chico se había puesto de pie y se había alejado unos pasos del banco, esperando una señal para correr tras ella. Pero la señal nunca llegó. Sara Issurovna, cargando la caja con algunos libros y afiches con fotografías de Londres y Nueva York, estuvo así un instante, mirando la escuela por última vez. Luego volvió los ojos a Yasha, musitó unas palabras que se perdieron en el viento y agitó la mano en señal de despedida, volvió la espalda y desapareció.

¶

Los fines de semana en el Sanatorio, eran días esperados por casi todos. El domingo era el día de las visitas, y los nervios podían palparse desde la noche anterior. A pesar de que era el único día en que estaba permitido dormir hasta tarde, casi nadie lo hacía, pues la ansiedad de ver llegar, poco a poco, a los visitantes hacía saltar de la cama muy pronto aun a quien no tenía visitas. Desde que levantaba el día, los internos, sin mediación de las enfermeras, abandonaban sus camas y se lanzaban afuera –pues las puertas de las habitaciones quedaban abiertas la noche anterior–, al patio o al jardín, y algunos incluso llegaban a aventurarse hasta la verja, para ser los primeros en avistar la andanada de padres cargados de paquetes. Tales paquetes, no hace falta decirlo, iban cargados de golosinas que los sacrificados padres acumulaban durante la semana para llevarles a sus hijos internos el día de la visita. Así que durante el tiempo que duraba –es decir, desde la mañana hasta bien entrada la tarde–, los chicos no hacían más que tumbarse por ahí, en los bancos o sobre el césped, atragantándose de confituras, de salianka, de embutidos y de panecillos, dejándose interrogar dócilmente por los padres. Incluso los que no eran visitados gozaban de la inusual compañía y hasta de algunos de esos manjares, si se pegaban con astucia a los grupos familiares o provocaban hábilmente la lástima de los visitantes. Pocos eran los que quedaban fuera de esta feria y se tenían que conformar con acudir a las horas establecidas al comedor, para el desayuno, el almuerzo, la cena o las meriendas intermedias, que en estos días solían ser más opíparas a causa del sobrante provocado por la ausencia de comensales.

Yasha no había tenido visitas su primer domingo y tampoco las esperaba para el segundo. Desde que había llegado al Sanatorio y se había instalado en él, las comunicaciones con el mundo exterior, con su familia o con sus conocidos se habían interrumpido. No era que al chico le importunara esto demasiado, pues se había hecho a la idea de que la madre lo había abandonado a su suerte y que esa situación era en buena medida irreversible. Por otra parte, veía su estancia aquí como un interludio amargo, pero breve, y su plan de escapar era una especie de luz al final de un túnel desolado que él soportaba con estoicismo ejemplar. Pero el tiempo pasaba y su plan de fuga se veía demorado, postergado cada vez, y la soledad, aún para alguien acostumbrado a ella como Yasha, hacía mella en su firmeza, y hasta sus sueños y soliloquios lo sorprendían atormentado por esa sensación de vacío creciente.

Sin embargo, la libertad general que se vivía era compartida por todos, desde el día anterior. El sábado a la tarde se levantaban casi todas las vedas. Era entonces una especie de carnaval, uno que se repetía cada semana, sin disfraces y sin más música que la risa y los comentarios en más de un idioma. No se llegaba, normalmente, a los excesos, pues tampoco se trataba de una bacanal frenética; simplemente el sábado se relajaba un poco la disciplina, no había horarios estrictos, ni consultas, y la vigilancia disminuía. Se podía estar hasta tarde en los salones, conversando o viendo televisión, o en el patio iluminado, donde se solían organizar bailes para los internos, que eran aprovechados por los más avezados para establecer contacto con el sexo femenino, aunque en general la población de chicos del Sanatorio no se caracterizaba por su destreza social o su buena coordinación de movimientos en el baile. Pero como también el protocolo y el estándar tradicional habían desaparecido, cada cual se arriesgaba, y tal arrojo era muchas veces coronado con el éxito, aunque tal éxito fuera de índole pueril.

§

No se ha sido del todo honesto al afirmar, aunque de soslayo, que Yasha no tenía y nunca había tenido amigos. En verdad había tenido uno, un vecino de la infancia, que se había convertido en sus años de vecindad en algo más que un simple compañero de juegos. Volodia Efremóvich Kats vivía en el mismo edificio de Yasha, con sus abuelos, pues su padre había abandonado el país hacía años y su madre vivía perennemente internada en sanatorios. Volodia era rollizo, de piel un poco pálida, aunque amarillenta y cubierta de pecas; el pelo, lacio y negro, con reflejos cobrizos, le caía sobre la frente en un cerquillo uniforme; su estatura era sobre lo baja para su edad y, aunque era casi un año mayor que Yasha, este lo aventajaba en altura por unos centímetros. Había, además de Yasha y Volodia, otros chicos contemporáneos en el edificio, pero Yasha y Volodia, si bien a veces compartían juegos con ellos, formaban un grupo aparte, uno suficiente y cerrado, como dos hermanos pequeños contra el mundo.

Yasha y Volodia jugaban a veces en el patio del edificio, pero era más frecuente que lo hicieran en casa del uno o del otro, pues allí estaban al resguardo del mundo exterior y podían construirse su propio mundo fantástico, impulsado por las historias que Yasha inventaba para la ocasión. Algunos días el juego consistía en construir pequeños países con las piezas de armar, donde soldados de plástico rojo libraban batallas épicas contra los invasores de plástico verde, o contra fieras de todo tipo –que otras veces eran simples animales de granja–; otros días ellos mismos eran los soldados, Yasha con su yelmo, su escudo y su espada roja, era Dobrinia Nikítich, y Volodia, con su casco azul y su maza, era Iliá Muromets. Ambos peleaban contra dragones invisibles o contra huestes de seres de las sombras.

–¡Ahora daremos muerte a Zméy Gorínich, el malvado dragón! –decía Yasha, y el otro lo seguía, con una suerte de fidelidad paternal hacia su «hermano menor». En la noche, cuando Volodia se marchaba, el pequeño Yasha seguía reviviendo las batallas del día, esta vez solo, con los soldaditos de plástico.

Y así pasaron la infancia. A pesar de que iban a colegios distintos, en los que a cada cual no le quedaba otro remedio que buscarse nuevos compañeros, en las tardes, o en los días libres, volvían a ser inseparables, hasta la hora de dormir. Cuando el padre de Yasha se fue a la guerra, Volodia, casi un año mayor y acostumbrado a tener al padre lejos, asumió sin pensarlo una actitud aún más protectora para con el otro. Le enseñaba lo que aprendía en la escuela, en su curso superior, y defendía al pequeño de los gandules del barrio. Varias veces incluso le plantó cara a algún que otro grandullón, con tal de mantener a salvo a su «hermano pequeño».

Pero todo eso cambió un día. Yasha había recién cumplido los diez años. Su madre, o mejor dicho, el «novio» de esta, Mijaíl Grosman, le había traído –conociendo las aficiones del chico– un traje de cosmonauta, pequeño, de su talla, pero muy realista, con todos los detalles de los costurones y los refuerzos, y tampoco faltaban las insignias y la bandera roja. Yasha no cabía en sí de regocijo. Se puso el traje enseguida y comenzó a saltar por toda la casa, simulando el estado de ingravidez.

–Mamá –dijo con un brillo poco usual en los ojos–, ¿puedo salir afuera?

—¿A dónde irás así vestido? —le preguntó la madre sin poder ocultar la risa.

—A casa de Volodia… ¡quiero enseñarle el traje!

La madre asintió. Yasha corrió a la puerta, olvidando la ingravidez, y luego subió como un bólido las escaleras, hasta el apartamento de Volodia.

No estaba en casa. La abuela le había dicho que probablemente lo encontraría en el patio, con los otros chicos. «Con los otros», así mismo había dicho. Hacía meses que Volodia y él no se veían, después de un incidente funesto con un complicado vehículo espacial, de piezas desmontables, un juguete sofisticado que el padre de Volodia le había enviado al hijo desde Israel, donde vivía, y que Yasha había desarmado para comprender su mecanismo, y después no había sabido volver a armar. Volodia se había quedado serio, había recogido las piezas y se había marchado sin decir una palabra. Pero esto había sido una tontería, y Yasha había pedido perdón, e incluso le había regalado al amigo, al «hermano mayor», uno de sus propios juguetes de armar, una nave Soyuz de plástico gris, con sus pequeños inquilinos dentro. Sin embargo, en los días siguientes, Volodia había rehusado jugar con el chico, aduciendo que tenía que estudiar para sus exámenes del curso superior. Y el tiempo había pasado y no se habían visto más que de pasada.

Pero ahora era el momento de volver a ser los dos, inseparables, los amigos de siempre. Podían jugar con este traje fantástico. Incluso podía prestárselo al amigo. Yasha bajó las escaleras corriendo y salió al patio, donde los chicos del edificio jugaban al fútbol.

Allí estaba Volodia, tal como le habían dicho, y no estaba solo. Lo acompañaban los otros chicos, mayores, de las otras escaleras. Ya no jugaban, pues comenzaba a oscurecer, sino que estaban todos sentados en un banco, descansando y charlando. La pelota también descansaba, después de haber sido visiblemente pateada de un lado a otro del patio, bajo los pies de uno de los mayores.

—¿Y este qué se cree? —dijo uno al ver llegar a Yasha con su traje de cosmonauta.

—¿Acaso es Leonid Kizim? —dijo otro, con ojos maliciosos.

Volodia no decía nada, tan sólo miraba, con cierta tristeza, a Yasha. Al final le apartó la vista y sonrió.

—¡Es sólo un chiquillo! —dijo con sorna, con un tono de burla hiriente que atravesó la tela y le caló a Yasha los huesos—. ¡Se cree cosmonauta, pero con ese traje no va a salir jamás de la tierra!

Yasha se quedó congelado, sin saber qué hacer. Si daba la espalda todos sabrían que le habían herido el amor propio. Sabrían que sólo era un chiquillo y seguirían burlándose, pensando que iría corriendo a refugiarse bajo la falda de la madre. Así que no corrió, pero tampoco se acercó al grupo. Se puso a caminar lentamente, imaginando que estaba muy lejos, lejos de la tierra, y casi sintió que flotaba en estado de ingravidez, aunque el pecho le dolía, las lágrimas querían salirse y los pies le temblaban y le pesaban al mismo tiempo. Pero no corrió. Dio unas cuantas vueltas, sin mirar al grupo de chicos que sí lo miraban a él, hasta que estos se cansaron y comenzaron a hablar de otros asuntos. Entonces Yasha supo que podía marcharse. Antes de entrar de vuelta al edificio lanzó otra mirada al banco. Ninguno de los chicos mayores lo miraba, pues habían desviado su atención. Solo Volodia lo contemplaba fijo, con una nube de tristeza en la mirada.

Pasaron los años. Ya apenas se veían, y al hacerlo se evitaban. Hasta un día. Volodia había recién cumplido dieciséis años y a Yasha le quedaban unos meses para cumplir quince. El timbre del apartamento sonó insistentemente. La madre no estaba, así que Yasha abandonó su habitación con desgano para abrir la puerta. Del otro lado, Volodia tenía una expresión entre melancólica y satisfecha.

—¿Puedo pasar?

Yasha dejó la puerta abierta y fue hasta su habitación, sin hablar. Volodia lo siguió.

—Has cambiado mucho —dijo mirando la habitación, haciendo referencia a la distribución de los muebles. La cama estaba en otro ángulo, lejos de la ventana, y los afiches de Leonid Kizim habían sido sustituidos por otros de la banda de rock Akvarium.

Yasha se hallaba sentado en el borde de la cama. Volodia se quedó de pie en la puerta, sin atreverse a avanzar.

—Quisiera que me acompañaras a mi apartamento. Tengo algo que quisiera darte.

A Yasha le picó la curiosidad. Su antiguo «hermano mayor» nunca le había dado nada, que él pudiera recordar. Por el contrario, siempre había sido celoso de sus propiedades, algunas de las cuales Yasha había envidiado y deseado ocasionalmente. Volodia siempre había tenido los juguetes más increíbles desde el momento en que la política estatal había permitido los envíos personales desde el mundo capitalista, y cuando el mercado interno comenzó a surtirse de artículos occidentales, gracias al surgimiento de empresas con capital extranjero, en su casa nunca faltó nada de lo que podía garantizar confort y hasta un mínimo lujo a una pequeña familia moscovita. Pero a Yasha no le interesaba nada de eso. No quería ninguna posesión de Volodia, ni sus ropas ni sus objetos personales. Ya ni siquiera le importaba demasiado recuperar su amistad. ¿Qué podía entonces ofrecerle?

Dudó un instante. La madre no estaba y, aunque él ya tenía llave del apartamento, si ella llegaba en su ausencia podía preocuparse. Al final, la curiosidad fue más fuerte. Le dejó una nota a la madre en la puerta de su habitación y subió con Volodia a su apartamento.

La habitación de este también había cambiado. La cama era nueva y todo parecía haber sido remodelado no hacía mucho. El empapelado sí era el mismo, y al chico le llamó la atención que, junto a la cama, entre afiches de actrices occidentales, había escrito algo parecido a un almanaque. Se acercó para ver más claramente. Era, en efecto, un almanaque del año en curso, escrito a lápiz. Los días ya pasados habían sido tachados, y el año, por otro lado, no aparecía completo: terminaba abruptamente en el mes de mayo.

—Son los días que faltan —dijo Volodia, que había estado hurgando en el armario y ahora regresaba con una caja de madera en las manos.

—¿Los días que faltan para qué?

Volodia se sentó en el borde de la cama y dejó la caja sobre el colchón.

—Mi padre —comenzó diciendo con la cabeza gacha y cierto aire culpable—… quiere que vayamos a vivir con él… en Israel.

—¿Vayamos?

—Mis abuelos y yo.

—¿Y qué vas a hacer allá?

—No lo sé — Volodia mantenía los ojos sobre el suelo, como si una fuerza externa le impidiera alzarlos—. Vivir, supongo. Mi padre dice que pertenecemos a una casta de sacerdotes. Descendientes del patriarca Aarón.

Aquí Volodia logró alzar la cabeza y mirar a su compañero. Esbozó una sonrisa no exenta de amargura. De qué le valdría aquello a Volodia, a menos que decidiera estudiar para rabino. Yasha se lo imaginó con barba larga y sombrero. El rostro que imaginaba, sin embargo, era el mismo del adolescente de dieciséis años, lo cual creaba una imagen casi ridícula.

Yasha miró a través de la ventana.

—¿Es en mayo, entonces?

—En mayo —respondió Volodia mirando su «almanaque».

En ese momento Yasha fijó su atención en la caja. El otro se dio cuenta, volvió a tomarla entre las manos y la dejó descansar sobre sus piernas.

—Esto es lo que quiero que tengas —dijo abriendo la caja—. De recuerdo…

Yasha logró vislumbrar el contenido antes que el otro se lo mostrara. Allí estaban los restos de lo que un día había sido la nave espacial de piezas desmontables, con sus pequeños tripulantes de plástico, el mismo juguete que Yasha había desarmado y luego no había logrado devolver a su estado original. Al chico este juguete lo había deslumbrado especialmente, pues era una combinación de juego de armar y vehículo espacial. En la caja también se conservaba el prospecto, la hoja con las instrucciones en inglés. Hacía años había intentado guiarse por esas instrucciones, pero sus conocimientos del idioma entonces eran insuficientes. Ahora, sin embargo, podría seguirlas al pie de la letra, armar otra vez la impresionante estructura de plástico.

Volodia le dio la caja. Yasha la tomó en silencio. Se quedaron ambos así, sin hablar, sin mirarse. A ratos uno parecía querer decir algo, pero se arrepentía justo antes de articular la mínima expresión. Yasha sólo miraba la caja. Volodia era ahora quien miraba fijamente la ventana.

¶

Era sábado, la víspera del día de visitas. El desayuno había pasado ya, y también la merienda de media mañana. Los internos estaban casi todos en el patio, cada grupo en sus áreas habituales. Yasha se había sentado cerca del sitio donde Pável Ransójov, Olia Kravschenko y otro interno ucraniano —llegado poco después de Olia, a quien parecía conocer de antes— jugaban al básquet. Yasha había estado ensayando algunos tiros al aro con el «simulador», hasta que aparecieron los dos ucranianos. Estos chicos no le agradaban para nada. Eran ruidosos y engreídos, campesinos de algún lugar de la estepa. Olia era pequeño y muy rubio, con la cabeza perfectamente redonda y unos ojos azules y secos. El otro, llamado Mikolái, era alto y delgado, de facciones afiladas y cabellos de color y consistencia de paja: un varego típico. Este Mikolái era mayor que los otros, pues contaba diecisiete años, y se las daba de conocedor absoluto de la vida y de todas sus especificidades. A Yasha, sobre todo le molestaba la manera en que hablaba de las chicas, como si supiera todo acerca de ellas, y a cada rato ponía a prueba a los demás, haciéndoles preguntas acerca de las peculiaridades físicas del sexo femenino y de los detalles más discretos del acto sexual. El único que le contestaba, como en un examen, era Olia, y Mikolái sonreía satisfecho cada vez que su «discípulo» daba muestras del conocimiento adquirido. También le molestaba a Yasha el modo en que Mikolái se refería a los judíos. No podía entender cómo el «simulador», siendo también hebreo, podía escuchar hablar a los ucranianos, sin inmutarse, de la necesidad de los pogromos —aunque con otras palabras, pues eran demasiado ignorantes— y del aspecto desagradable que tenían para ellos una nariz un poco pronunciada o una cabellera de rizos negros o broncíneos.

Así que, cuando llegaron los ucranianos, Yasha dejó de lanzar la pelota y fue a sentarse en un banco cercano. Mikolái y Olia lo habían visto al llegar, pero, acostumbrados ya a su extravagancia, no le habían hecho caso, sino que inmediatamente se habían apoderado del balón y se habían puesto a lanzarlo entre ellos, excluyendo del juego al propio Pável Ransójov.

A Yasha había comenzado a interesarle todo lo relacionado con su raza desde los tiempos de Sara Issurovna, cuando él estaba en segundo grado. Sin embargo, no había sido hasta los trece años —cuando, en otras circunstancias, hubiera tenido su bar mitzvá— que había comenzado a leer —a escondidas de la madre— los textos sagrados, gracias a una copia que había encontrado oculta entre las pertenencias de su padre. Incluso había llegado a acudir a una sinagoga, un día, a la salida del colegio. Se había cubierto la cabeza al entrar, como sabía que era de rigor, con un yarmulke depositado para tal fin en la antesala, y había acudido a sentarse en un banco cerca de la puerta, con los ojos fijos en la luz incandescente de los candelabros. El silencio del lugar, que se mezclaba con los ecos en una sinfonía sutil y casi muda; el olor a madera, a incienso y a cosa antigua y sagrada; y la mezcla provocada por la combinación de la luz natural que penetraba por los ventanales y el fuego pálido de los candelabros, todo eso le producía un estado de ánimo excelso y profundo, algo que el chico no tardó en identificar con el estado del alma producido por el amor. Pero no era este un amor sensual, como el que despertaban sus condiscípulas con sus faldas cortas y sus trenzas largas; era un amor puro y distante, que lo elevaba en su sitio, sin esfuerzo, como si su cuerpo pesara lo mismo que una pluma. Había pensado entonces en sus progenitores: primero en el padre lejano, arrebatado de su vida hacía años; luego en la madre, cuyo rostro creyó ver –con el semblante dulce y fresco de años atrás– en los dibujos que la sombra proyectaba sobre los muros. Estuvo un rato así, pensando en su propia vida, hasta que las lágrimas brotaron de sus ojos, quemándole la piel reseca de las mejillas.

En sus lecturas de los textos sagrados, por otra parte, a Yasha le llamaban la atención las figuras patriarcales tanto como las de las esposas y reinas sacrificadas y enérgicas; pero sobre todo le resultaban de algún modo atractivos los personajes proféticos. Yasha se veía a sí mismo también como uno de estos profetas. Sus sueños, muchas veces convulsos, repetidos y complejos, lo compulsaban a buscar alguna explicación coherente, aplicable a su propia existencia. Uno de estos sueños consistía en un remedo de la historia de Jonás. El chico se hallaba sobre una embarcación precaria en medio de un océano calmo y de poca profundidad, que se confundía con una costa distante e iluminada. De repente, de la nada, un pez enorme y de escamas brillantes aparecía y se lo tragaba de un bocado. Una vez en el interior del animal, hallaba un camino que se iba convirtiendo en una gran avenida con faroles y automóviles, todos en una misma dirección, la única posible: una ciudad que poco a poco iba creciendo frente a sus ojos, con edificios inmensos que se hincaban en la masa acolchonada de una sola nube inmóvil, eterna y muy blanca. Yasha despertaba una y otra vez de este sueño, para regresar a él cada vez, en otro punto de la misma avenida. Pero, por más que avanzara, por más que la ciudad creciera en el horizonte, que una y otra vez retornara al mismo sueño, la ciudad nunca llegaba, siempre en la distancia, siempre desdibujada y sobrecogedora, siempre bajo esa nube impoluta y estática.

Yasha llevaba un rato absorto en los recuerdos, sin prestar atención a lo que sucedía a su alrededor, casi como uno de los «perezosos», cuando Danko Shegal se le acercó y adoptó una de las poses extravagantes que le había visto adquirir en otras ocasiones: estaba allí, de pie, una pierna recta y la otra estirada de modo que el pie quedaba flexionado hacia arriba, en ángulo con el otro pie, los brazos sobre la cabeza, y esta inclinada hacia un lado, con la vista perdida en algún punto incierto de la pared que le quedaba enfrente. No dijo nada, se limitó a menear el pie flexionado mientras el resto del cuerpo espigado mantenía esa rigidez incómoda, lo que producía un aspecto risible. Yasha se apresuró a decir cualquier cosa, antes que el otro decidiera marcharse.

—¿Llevas mucho tiempo aquí? —la pregunta le sonó terriblemente estúpida apenas formulada.

Danko Shegal cambió su expresión por una que bien podía tomarse como de hastío o repulsión.

—Esas cosas no se preguntan. ¿Acaso no lo sabes?

—Nadie me ha dicho que vaya contra el reglamento —replicó Yasha, intentando remediar su desliz.

—¿Y quién ha dicho nada de reglamentos? ¿Crees tú en el reglamento, acaso?

A Yasha el reglamento le importaba un comino. Ni siquiera lo tenía muy claro, a pesar de que estaba consignado en una gran pancarta a la entrada de cada salón del Sanatorio. Había reglas para cada cosa y lugar, reglas sobre qué se podía hacer y qué no, a qué hora tocaba cada comida y a qué horas tenían lugar los recreos; qué prendas podían usarse y cuáles no; además de los horarios de levantarse y de ir a dormir –menos el sábado–, así como los días en que le tocaba el aseo y el correspondiente uso del cuarto de baño a cada habitación. Eran tantas reglas que Yasha había desistido de aprenderlas de memoria y ni siquiera se tomaba el trabajo de consultarlas. Había también una lista de faltas posibles, de intensidad creciente, desde las leves, que comportaban un somero regaño, hasta las graves, que indudablemente llevaban al infractor a ser confinado a la «perrera».

–Dicen que has estado en la «perrera» –comentó Yasha, iluminado de repente.

–¿Dicen eso? –el otro esbozó una especie de sonrisa–. ¿Quiénes lo dicen?

–Lo dijo el «sim…» –Yasha se interrumpió y miró a Pável Ransójov, que intentaba en vano arrebatarles el balón a los ucranianos–, mi compañero de cuarto.

Danko Shegal observó al pequeño Pável Andréevich y se encogió de hombros. Yasha se apresuró a retomar la conversación.

–¿Cómo es la «perrera»? Dicen que es un sitio terrible.

–Dicen… dicen… Para ti todo es «dicen esto» o «dicen lo otro». ¿Acaso crees todo lo que se dice?

Yasha bajó la cabeza, avergonzado. Trataba de parecer inteligente ante Danko, pero este esquivaba todos sus lances. Esto lo hería en su amor propio. Una oleada de rabia le hizo hervir la sangre y se resolvió a replicar de modo descarnado.

–¡En realidad no me importa la «perrera»… ni ninguna otra cosa de este sitio! ¡Tan sólo intentaba entablar una conversación!

Danko Shegal sonrió. Abandonó su posición extravagante y fue a sentarse junto a Yasha, con los codos apoyados sobre el espaldar y las piernas estiradas hacia delante.

–Parece que tienes sangre en las venas, después de todo.

A partir de este momento, la conversación fluyó algo más natural. Danko interrogó a Yasha acerca de su procedencia, de su familia, de su historia personal, y a su vez habló un poco de sí mismo, aunque sin develar todo el misterio que envolvía a su persona y que, evidentemente, él disfrutaba y ayudaba a mantener. Danko había nacido en Minsk, pero de pequeño había ido a vivir a Leningrado, primero, y luego a Moscú, siguiendo los traslados sucesivos de su padre, un ingeniero civil. Su familia, cuando la Gran Guerra, había sido forzada a abandonar la ciudad y a relocalizarse en Birobidyán, en la Región Autónoma Hebrea, en los confines del territorio ruso. Sin embargo, su abuelo, Naúm Moshéevich Shegal, había permanecido en el frente, y había llegado incluso a formar parte de la ofensiva soviética que había alcanzado el Reichstag en abril de 1945. Sin embargo, a él, a Danko, todo esto lo traía sin cuidado. No se sentía ni moscovita, ni bielorruso. Si había protestado un día por la comida y se había negado rotundamente a ingerir los alimentos era porque le habían puesto delante una *kapusniak*, que le había parecido lo más atroz de todo el menú local.

–¿Es que acaso somos todos ucranianos aquí? –dijo interrumpiendo su narración.

Yasha lo miró con una sonrisa en los labios. La *kapusniak* había sido la primera comida que le habían ofrecido el día de su llegada. Pero en su hogar, alejado de la tradición kosher, se había habituado a comer lo mismo distintos tipos de kalbasá que cualquier otro producto hecho con carne de cerdo. Pero Danko no se había limitado a no ingerir la sopa. Esto, por más que violara el reglamento, no era suficiente para recluirlo en la «perrera». Y, por otra parte, su personalidad lo obligaba a llevar las cosas más allá, a hacer una declaración pública de su repudio a la oferta culinaria. Así que se había puesto de pie, sosteniendo el plato con las manos, y, cuando consiguió llamar la atención de todos los presentes, había lanzado el plato al suelo con todas sus fuerzas, con lo cual no sólo se había dispersado todo su contenido, salpicando a los de las mesas contiguas, sino que el plato mismo se había hecho añicos y un fragmento había saltado y herido en la cara a uno de los internos. Esto había sido un simple accidente, pero la comisión de doctores no lo había considerado así. Y para empeorar su situación, cuando los enfermeros lo habían ido a prender, él se había defendido con uñas y dientes y le había plasmado un puñetazo en pleno rostro al que Yasha llamaba el «Aristócrata», dejándole un ojo morado. Cuando al fin habían logrado reducirlo, primero lo habían llevado a su habitación, al dos B, y lo habían atado a la cama. Luego de que la comisión de doctores considerara el caso, lo habían trasladado a la «perrera», donde había quedado recluido durante tres días.

Llegado a este punto, el chico no quiso seguir hablando. La «perrera» no era un sitio que debiese siquiera ser mencionado a plena luz del día. Yasha, en un movimiento furtivo y despreocupado, inclinó la vista hacia el grupo cercano, conformado por los dos ucranianos, que seguían pasándose balones entre sí, y el «simulador», que aún intentaba en vano interceptarlos. En el momento en que su vista se posó sobre Pável Andréevich, su mirada y la de este se cruzaron. Pasha lo miró con ojos preocupados, como si la compañía de Danko fuera algo que se debería evitar.

En ese momento sonó la campana del almuerzo, y los internos se dirigieron a la puerta que conducía al comedor.

¶

La población del Sanatorio, a pesar de que en las últimas semanas se había visto engrosada por la llegada de nuevos inquilinos, se mantenía más o menos estable gracias a las salidas esporádicas de algunos internos, fuese porque hubieran sido dados de alta o porque sus padres decidieran trasladarlos a otra institución o, en escasas ocasiones, definitiva o temporalmente a casa.

Los ingresos, por su parte, solían ocurrir entre semana, pero no era imposible que alguno que otro ocurriese un sábado, o incluso un domingo. Se trataba, sobre todo, de casos especiales, en los que los futuros internos y sus familiares habitaran lejos de la capital, y entonces el ingreso se efectuaba en el momento en que aquellos podían arribar al Sanatorio, previa autorización de la directora. Para este efecto, aunque no todos los doctores estaban presentes en el momento del llegada del paciente, siempre quedaba algún doctor –a veces incluso dos– de guardia en el Sanatorio, y era este quien se encargaba de formalizar la entrada y la situación del nuevo inquilino. Ese fue el caso, sin dudas, de Maya Ilivna Rot.

Yasha estaba saliendo de regreso al patio, tras el almuerzo, acompañado de Danko Shegal, con quien se había quedado conversando y con quien incluso había compartido la mesa, a pesar de la resistencia y la incomodidad ostensible de Pasha Andréevich. Yasha y Danko iban de regreso al patio, pero una chica desconocida ocupaba el sitio donde antes estuvieran sentados. La chica era delgada, muy blanca –casi luminosa–, pero no con una piel rosada, sino como de trigo blanco guardado del sol en la alacena. El pelo era infinito, castaño, levemente ondulado, y le caía como una lluvia tormentosa sobre los hombros y hasta el regazo. El cuerpo de la chica, esbelto, estirado, grácil, se hallaba un tanto agazapado sobre el banco, cubierto por una camiseta negra de algodón y una falda gris hasta las rodillas, que la chica juntaba con timidez, con las manos reposadas sobre el borde de la falda, en la frontera de esas rodillas blanquísimas donde se articulaban unas piernas largas, bien torneadas pero finas, que se perdían en unos pequeños pies abrigados por zapatillas también negras y medias blancas y cortas. La chica no miraba a ninguna parte, y a la vez lo veía todo con unos ojos profundos —muy negros, según advirtió Yasha al acercarse— sobre una nariz fina y solemne, bajo la cual unos labios extremadamente carnosos se mantenían juntos esbozando una media sonrisa.

Yasha se detuvo en seco. Una parte de él quería acercarse a la chica, pero otra, más fuerte, lo frenaba y casi lo repelía. Danko, por su parte, ya había avanzado unos pasos, hasta que se dio cuenta de que el otro se había quedado atrás. Una mirada en una y otra dirección le bastaron para percatarse de lo que sucedía. Se encogió de hombros y adoptó nuevamente su posición favorita, con los brazos cubriéndole el cráneo y un pie flexionado hacia arriba. En el interior de Yasha el combate siguió por unos minutos, sin garantizar victoria a ninguna de las partes. Decidió continuar su camino, pero a la mitad cambió el rumbo y fue a sentarse en otro banco vacío, no demasiado lejos. Danko Shegal mantuvo su pose. Así estuvo un instante, luego se encogió de hombros y fue a sentarse junto a Yasha. El resto de los internos también habían salido al patio y todos regresaban a sus posiciones habituales. Solo Pável Andréevich, cansado de perseguir en vano la pelota, no regresó al área de juego, sino que fue a directamente a donde estaban Yasha y Danko Shegal. Los ucranianos habían vuelto a su juego. Yasha advirtió con horror que los dos «varegos» se acercaban peligrosamente a la chica nueva, hablaban alto y gesticulaban —mientras se intercambiaban la pelota—, tratando evidentemente de llamar su atención. La chica, sin embargo, no reparaba en ellos. Su vista parecía evitar a todos los que la rodeaban. Pero en un momento sus ojos se movieron hacia el banco de Yasha y se cruzaron fugazmente con los del chico, que sostuvo la mirada valientemente por unos segundos, hasta que no pudo soportar y bajó la cabeza.

—¿No vas a hacer nada? —dijo Danko con tono entre desafiante y burlón.

—¿Nada? ¿De qué?

—No te hagas el tonto. Sabes perfectamente de qué hablo.

—¿Se puede saber en qué andan metidos los dos? —intervino Pasha, que se sentía excluido de la conversación.

Danko lo miró fugazmente, como si recién se hubiera percatado de su presencia. Luego hizo un gesto con la cabeza, en dirección a la chica nueva.

—Ah, es eso… —musitó Pasha bajando la cabeza y volviendo a su silencio.

Yasha cambió la vista a otro lado.

—No puedo con los cobardes —Danko se puso de pie y fue a sentarse junto a la chica. Ella lo recibió con una sonrisa cortés. Poco a poco, mientras conversaban, su risa fue haciéndose cada vez más auténtica y verazmente divertida.

Yasha los observó un rato, viendo cómo la chica entraba en confianza con Danko, y se fue encendiendo de rabia por dentro. Danko le hablaba con expresión pícara y ella sólo reía. En un momento Danko le hizo una señal y entonces ella miró al banco donde estaba Yasha. Sus ojos, unos ojos negros, profundos y muy dulces, se cruzaron otra vez con los de él. Luego ella volvió el rostro a Danko y asintió. Yasha no podía escuchar lo que hablaban, pues lo hacían a media voz y la distancia del banco y el estruendo de los ucranianos anulaban cualquier sonido. Por otra parte, tampoco le interesaba el contenido de esa conversación. Se hallaba molesto y no entendía muy bien por qué. También, de algún modo, se hallaba resignado. «No puedo competir con este Danko Shegal», pensó, y esta idea le quemaba por dentro. Tenía sentimientos encontrados, inexplicables y confusos. Por su parte, el «simulador» no ayudaba en nada, sólo callaba y de vez en cuando miraba indistintamente a Yasha o al banco vecino. Yasha estuvo a punto de levantarse y largarse de allí, pero entonces vio que Danko y la chica abandonaban su sitio y se dirigían hacia él.

—Chicos —dijo Danko con tono desfachatado—, les presento a *mademoiselle* Maya Rot —luego se dirigió a la chica haciendo una especie de reverencia—. Estos, *ma chérie*, son los distinguidos Yasha Lanski y…

—Pável Ransójov —dijo Pasha entre molesto y nervioso.

A Yasha el corazón le latía de modo insoportable. Las palabras se le atropellaban en la garganta y ninguna era capaz de rebasar el límite de sus labios. Maya pronunció un *«enchantée»* entre burlón y cortés, siguiéndole la rima a Danko.

—*Vous ne parlez pas, monsieur?* —dijo mirando fijamente a Yasha con sus ojos negros.

—Lo siento —Yasha bajó la cabeza—. No hablo francés.

—Eso hay que remediarlo —intervino Danko—, *n'est-ce pas, mademoiselle?*

Maya rió. Su risa era un aleteo de pinzones junto a una ventana. Yasha pensó que estaba a punto de desmayarse.

—Pero, caballeros —dijo Danko de súbito—, ¿qué pasa con la galantería? ¿Es que no van a hacerle sitio a nuestra invitada?

Danko pronunció esta palabra, «invitada», con cierto tono distintivo. Yasha se puso de pie como un resorte, a pesar de que en el banco había sitio de sobra para los tres, y enseguida se arrepintió de su movimiento, pues Danko y Maya se sentaron dejándolo fuera de escena.

—Nuestra distinguida visitante —Danko dirigía sus palabras exclusivamente a Yasha— viene de lejos, de la dorada urbe de Kiev.

Sus gestos y el modo de hablar eran completamente ridículos, exagerados y teatrales. Maya reía con las demostraciones de histrionismo de Danko. Yasha lo odió de repente, y este odio a la vez lo hacía avergonzarse de sí mismo. Si hubiera estado sentado en el banco, se hubiera quedado quieto y en silencio, como una estatua que sólo ocupaba espacio, pero el hecho de estar de pie de algún modo lo obligaba a interactuar y lo hacía sentirse más incómodo. Por otro lado, Danko era el único que hablaba, descontando alguna que otra intervención de Maya. El «simulador» y Yasha no eran más que espectadores, lo cual, de algún modo, lo aliviaba, pues no se sentía en condiciones de participar de la conversación. Danko peroraba acerca de cuán maravilloso era contar en la institución con una señorita tan agraciada e instruida, que además de dominar el francés a la perfección sabía tocar el piano, y que también había dado clases de ballet en su infancia. Luego se puso a elogiar a sus compañeros, comenzando por Yasha, joven moscovita cuyos orígenes se remontaban −esto era pura invención de Danko− a los rabinos de Galitzia, y que probablemente estaba emparentado con el mismísimo Baal Shem Tov. También dijo que, si bien el joven no contaba con el francés entre sus lenguas, era en cambio muy diestro en inglés y en yiddish, y su vasta cultura literaria era inusual en alguien de su edad. De Pasha Andréevich dijo que su linaje era distinguido, que provenía de la más rancia nobleza judía de la Gran Polonia, y que estaba llamado sin dudas a llegar a ocupar algún cargo de mérito en la administración de alguna provincia. Todo esto Danko lo decía sin sonrojarse siquiera, a pesar de que en su diatriba intercalaba pasajes reales con las trolas más increíbles, sin contar con la anuencia de los implicados en su historia. Maya estaba a la vez sorprendida y ostensiblemente divertida por la cháchara grandilocuente del chico, y a cada tanto replicaba con frases como «¿De veras?» o «¡No es cierto!», que envalentonaban al orador a seguir hablando y hasta a exagerar aún más sus historias.

Yasha contemplaba la escena como a través de un cristal. No podía hablar, pero tampoco veía necesidad de hacerlo. Se sentía molesto con Danko por acaparar la atención de la chica, pero a la vez no podía dejar de admirar su maestría. «Es un genio de la perorata», pensó, y poco a poco fue acostumbrándose a la situación. Pronto se olvidó de Danko, pues solamente tenía ojos para

Maya. Un temblor le recorrió todo el cuerpo y, aunque no lo supo inmediatamente, algo fue creciendo en él, adueñándose de cada célula de su carne. Por su parte, Pasha Andréevich veía la conversación con otros ojos. Su atención no se centraba en la chica, por más que su presencia pudiera conmocionarlo de algún modo. Se hallaba más preocupado por la charla de Danko, sobre todo cuando esta lo tocaba personalmente. En varias ocasiones se vio incluso impelido de intervenir, con expresiones como «¡Eh!», «¡Basta!» o «Pero, ¿es que no te da vergüenza?» que eran acalladas por la total indiferencia del orador y por la risa de la chica.

De repente, un pelotazo venido desde el rincón de los ucranianos golpeó con fuerza a Pasha en la cabeza. El chico se quedó atolondrado y comenzó a sangrarle la nariz. Enseguida se armó revuelo, vinieron enfermeros a atender al herido, mientras los pocos «histéricos» que había en el patio reían desaforadamente, los «fantasmas» gritaban y hasta los «perezosos» dejaban su habitual abstracción para contemplar la escena. Maya estaba profundamente impresionada, incluso había tratado de limpiar la nariz del «simulador» en vano, y ahora tenía la camiseta llena de sangre. Yasha miró con furia a los «varegos», quienes se habían quedado como si no fuera con ellos, sonriendo con sorna. «Hércules», el enfermero, llegó por fin al patio y les hizo frente.

–Pero, ¡serán canallas! –dijo sin poder contener la rabia– ¿Qué esperaban? ¿Matar a alguien?

–Camarada Igor Matvéevich –comenzó diciendo Mikolái, el más alto, con una vocecita disminuida y lastimera–, no fue adrede. Solo estábamos jugando, y a Olia no le dio tiempo a atajar el balón.

–¡Mentira podrida! –gritó Pasha aún sangrando, mientras el enfermero al que Yasha llamaba «Se-puede» lo llevaba a la enfermería– ¡Bien que fue adrede!

Al Mikolái se le fue toda la sangre del rostro. Su compinche Olia no despegaba la vista del suelo.

—Camarada Igor Matvéevich —volvió a decir con la misma vocecita—, no fue adrede, ¡se lo juro!

Igor Matvéevich, «Hércules», miraba al ucraniano con los ojos entornados, tratando de adivinar la verdad detrás de sus palabras. Entonces Yasha se envalentonó y avanzó hasta el ucraniano, pero la fugaz mirada de odio que este le lanzó lo hizo retroceder y quedarse junto al enfermero.

—¡Eso es mentira! —gritó, con el coraje producido por la rabia—. ¡Pero si se estaban riendo!

El «varego» alto se puso aún más lívido. El otro incluso dio un paso atrás, queriendo escapar.

—¡Camarada Igor Matvéevich! —dijo Mikolái casi sollozando— ¡No le crea! ¡No crea a estos «sionistas»! ¡Fue un accidente! ¡Se lo juro!

A Igor Matvéevich se le puso la cara colorada, en contraste con la lividez del ucraniano.

—¡Basta! —gritó— ¡Vamos, los dos confinados!

Los ucranianos intentaron huir, pero los otros enfermeros estaban alertas, esperando la señal de Igor Matvéevich. Mientras este inmovilizaba a Mikolái estrechándolo entre los brazos, el «Aristócrata» y «No-se-puede» persiguieron al pequeño Olia hasta arrinconarlo. El pequeño «varego» pataleaba y daba berridos en su lengua, pero los dos enfermeros lo asieron de piernas y brazos y lo llevaron hasta la «perrera», a donde «Hércules» ya conducía al otro.

La conmoción duró en el patio aún un rato más. Los internos estaban nerviosos, algunos incluso asustados. Salieron dos enfermeras —Natalia Ivanovna y otra más vieja, de nombre Olga Ermolaeva— y mandaron a todos a sus habitaciones. A algunos incluso hubo que sedarlos, pues no paraban de chillar y de menearse en convulsiones penosas. Yasha vio a Maya, que avanzaba hacia el pasillo con la camiseta manchada de sangre, junto al resto de los internos. Al llegar a la puerta la chica se volteó y saludó con la mano. Danko también se despidió. Yasha se rezagó en el patio y se acercó a las enfermeras.

–Natalia Ivanovna, quisiera saber… ¿está bien Pasha?

La enfermera entornó los ojos detrás de los cristales de sus gafas.

–¿Pável Andréevich? –Se tomó un momento para responder–. Sí, está bien. En la enfermería.

Yasha bajó la cabeza y se unió al rebaño.

–Puedes visitarlo si quieres –escuchó la voz de Natalia Ivanovna a sus espaldas.

¶

–¡Hola, camarada!

Pável Andréevich no esperaba visitas. Como adrede, la actitud de Yasha era demasiado jovial, fuera de lo acostumbrado.

–¿No haces la siesta? –respondió al saludo con tono doliente.

–¡Qué siesta ni que ocho cuartos! Me han dado permiso para visitarte. Y la siesta bien que la puedo hacer aquí.

En efecto, en la enfermería había varias camas, una de las cuales ocupaba Pasha, recostado sobre un almohadón de plumas y con un emplasto sobre la nariz.

–¿Y los otros? –preguntó Pasha con voz temblorosa.

–Todos en sus habitaciones.

Pasha mantuvo una mirada inquisitiva que hizo a su visitante caer en la cuenta de a qué «otros» se refería.

–¡Ah! ¿Los «varegos»? A la perrera, de cabeza.

Pasha se quedó mirando la blanca sábana de su lecho provisional.

–Yasha, creo que no es buena idea juntarnos con Danko Shegal.

Yasha se quedó en silencio, con la vista en el suelo.

–Ya viste el resultado –continuó el «simulador»–. Olia y Kolia…

–¿Ahora los nombras de modo cariñoso? –Yasha se puso serio.

—Quiero decir, ya viste lo que hicieron. Ahora los llevaron a la «perrera». ¿Y si luego hay represalias?

—Pues no nos vamos a quedar de brazos cruzados. Y, además, están los enfermeros.

Pasha estaba inquieto, miraba a todas partes y hablaba en voz muy baja, como si las paredes tuvieran oídos.

—Pero Yasha, comprende, estamos encerrados aquí. Podría pasar cualquier cosa y...

A Yasha estas palabras le causaron conmoción. Estaba acostumbrado a ese tipo de violencia, a las vejaciones y a sentirse diariamente amenazado. Él mismo la había sufrido en carne propia, en la escuela y en la calle. Esa violencia le parecía estúpida pero, ¿qué se le iba a hacer? Así era el mundo y así era la mayoría de la gente. Sin embargo, el hecho de que todo eso se reprodujera en condición de internamiento le causaba escalofríos. Era como estar en prisión. Los «varegos» podrían fácilmente agredirlos en otra ocasión, fuera de la vista de los enfermeros. Yasha pensó que sería entonces necesario apurar el plan de escape, y para eso necesitaba a Danko Shegal.

La visita duró toda la hora de la siesta, pero los chicos no hablaron más durante ese tiempo. Yasha se acomodó en un sillón y Pasha le dio la espalda, acurrucado sobre la almohada. Así pasó el tiempo, hasta que la enfermera les indicó que era la hora de la merienda de la tarde.

Al salir de la enfermería, Yasha vio a Maya Rot que bajaba las escaleras. En su mano, una pequeña reproductora portátil, conectada, mediante fino cable negro, a los auriculares que taponaban sus oídos, la aislaba del mundo. Llevaba el pelo recogido en una larga trenza castaña y los ojos entrecerrados.

—¿Qué escuchas? —se atrevió a preguntarle Yasha.

La chica, al percatarse de que era interpelada, presionó un botón de la reproductora y se apartó el auricular de una oreja. Yasha repitió la pregunta.

—¡Ah! —contestó Maya—. Es sólo una grabación de Akvarium. El *Álbum azul.*

Yasha no podía creerlo. Ese era, de todos, su álbum preferido, en el cual se incluían varias de los temas que más sonaban en su cabeza, como «Héroes del rock'n'roll», «Todo lo que quiero» o «Río».

—¿Quieres escucharlo luego? —preguntó Maya, y al chico se le iluminó el rostro—. Podemos irnos tras la merienda, lejos de la gente. Me han dicho que es la hora del recreo.

Yasha asintió. Caminaron juntos hasta el comedor, y el chico casi choca la bandeja, derrama la limonada y hace rodar los panecillos. Luego, se bebió la limonada casi de un tirón y con los panecillos por poco se atraganta. La chica reía, evidentemente divertida.

Así que, tras la merienda, salieron al patio, pero el recuerdo de los acontecimientos que habían tenido lugar allí unas horas antes y la triste imagen que ofrecían los internos los convencieron de buscar un sitio mejor. Más allá del patio se abría un extenso jardín laberíntico que Yasha a veces exploraba, pero que en realidad le provocaba cierto pavor. Maya quería dirigirse allí, así que al chico no le quedó más remedio que seguirla. Estaban a punto de abandonar el patio cuando se apareció, salida de la nada, otra interna. Era Natasha Bloj, una chica que habitaba ella sola la habitación Uno D.

—¿Puedo ir con ustedes? —preguntó.

Yasha estuvo a punto de negarse rotundamente. La chica no le resultaba antipática, pero tampoco especialmente llamativa. Era pequeña, de pelo ensortijado y rubio, la tez un tanto tostada y ojos grises y tristones. Su cuerpo, aunque pequeño, estaba bien formado y era gracioso. Tenía unas manos también pequeñas, de dedos recortados y rollizos, y una voz un poco chillona. Al lado de Maya parecía un pequeño ratoncillo asustado.

—Esta es Natalia Yitzakovna —dijo Maya dirigiéndose a su acompañante—. ¿Ya se conocen?

La chica saludó con una sonrisa. Tenía una sonrisa muy agradable, con su boca pequeña y sus dientes perfectos. Yasha se encogió de hombros.

–Yakov Románovich Lanski –dijo, cuadrándose al estilo militar.

–¡Ahora sólo falta tu amigo –dijo Maya con entusiasmo–, el simpático Danilo Moshéevich! ¡Ah, allí se acerca! *¡Monsieur Daniel!*

Danko Shegal ya atravesaba el patio, con su andar estrambótico.

–*Monsieur Daniel* –dijo Maya dirigiéndose a Natasha–, además del ruso, domina el francés, el inglés, el polaco, el alemán y el yiddish.

«Sí», pensó Yasha, «es todo un Zamenhof». Natasha, por su parte, contemplaba fascinada al recién llegado, pues de seguro ya con anterioridad le habría echado el ojo. Yasha se sintió fuera de lugar. Su paseo tranquilo con Maya se había visto ensombrecido por estos dos gorrones, pero se guardó de mostrarse contrariado. Incluso llegó a comentar lo grata que le resultaba esa compañía, exclamación que por suerte fue hecha a media voz, porque el chico no pudo, al proferirla, desembarazarla del todo de sarcasmo.

Los cuatro se internaron en el inmenso laberinto. Como no había auriculares para todos, Maya los cedió a Yasha, primero, y a Natasha, después, mientras ella se quedaba conversando con Danko. A Yasha esta situación le resultaba una ironía del destino, pero se sometió a ella resignado, e incluso en alguna medida llegó a disfrutarla, pues era la primera vez que Natasha Bloj escuchaba el *Álbum azul* de Akvarium, y lo hacía con una fascinación sin límites. Yasha se ocupó entonces de instruirla hasta los detalles más insignificantes de la grabación, a lo que Natasha respondía abriendo desmesuradamente sus ojos grises, con la alegría de alguien que es iniciado en las delicias de un misterio pagano.

La tarde, por su parte, era espléndida. El verano se hallaba en su apogeo, pero el calor no era excesivo y una brisa fresca animaba el jardín haciendo bailar graciosamente las hojas de los setos. Los cuatro paseantes se internaban cada vez más en los pasillos laberínticos. Maya y Danko iban delante, conversando alegremente en francés, mientras Yasha y Natasha iban detrás, impulsados por las melodías agridulces del *Álbum azul*. Solo de vez en cuando, Yasha descendía de ese estado de ingravidez sideral, como en una caída libre sin fondo, en los momentos en que, de soslayo, lo atravesaban como flechas negras los ojos de Maya Rot.

«Qué se le va a hacer», pensaba entonces resignado y, desviando la vista de esos ojos, retornaba al *Álbum azul* y a la expresión extática de Natalia Bloj.

Días de eclipse

Agua azul cielo, brillante,
no hay días, ni horas ni minutos.
Nubes, en silencio,
nadan como el pájaro blanco.

Alexander Gradsky,
Romance con amantes

IV.

Tesoro fotosensible

Aquella noche los chicos apenas cerraron los ojos. Primero fue el paseo por los interminables laberintos del jardín, en el que Maya se mantuvo adelante, conversando animada con Danko, mirando de reojo de vez en vez a Yasha, que iba atrás, enlazado a la pequeña Natalia Bloj por medio del *Álbum azul* de Akvarium. Luego vino la cena, en la que los cuatro se sentaron juntos a la mesa –Maya y Danko en ángulo con Yasha y Natalia–, ante la sorpresa y decepción de Pável Ransójov. Y más tarde una película, y la merienda nocturna, y el salón casi vacío y en penumbras del Sanatorio. Maya y Danko, Yasha y Natalia: los cuatro siempre juntos.

Y en el salón habían terminado, sin proponérselo, justo debajo de la pantalla blanca que en las noches servía para proyectar materiales educativos, Maya reclinada sobre la espalda de Danko y Yasha con la cabeza sobre el regazo de Natalia Bloj. De repente Natalia no era para Yasha el ratoncillo asustado que parecía al principio. Había algo en ella que podía ser amable, e incluso, bien vista, resultaba muy bonita, como una pequeña muñeca de porcelana. Los ojos grises de Natalia, que lo miraban desde su profunda tristeza, ejercían ahora sobre él una fascinación violenta, y hasta su pequeña boca le resultó graciosa. Era cierto que Maya lo había deslumbrado, ¡cómo no iba a hacerlo! Pero Maya no estaba interesada en él, al menos no por el momento, tan absorta en Danko y en su encanto políglota. Natalia, sin embargo, no le quitaba los ojos de encima, y era Natalia quien lo acogía en este momento sobre su vientre, haciéndole caricias en los rizos, con la cara –y la boca– tan cerca de su propia cara. Yasha pensó en besar a Natalia, fue un deseo súbito e irresistible, pero se contuvo. El chico cambió la vista para evitar la tentación, Natalia siguió acariciándole el pelo mientras él se debatía entre dos fuerzas que no era capaz de comprender.

Danko sacó de repente un frasco indefinible del bolsillo.

–¿Alguien se anima? –preguntó con su tono desafiante y socarrón.

Maya asintió y agarró el frasco. Se dio un trago que le estremeció todo el cuerpo y devolvió la botella a su dueño. Danko también bebió y lo ofreció a los otros. Yasha estiró el brazo y alcanzó el frasco transparente. El contenido le ardió en los labios, quemaba en la garganta y en la boca del estómago. El chico frunció todos los músculos de la cara.

–¿De dónde sacaste esto? –preguntó, alarmado.

Danko sonrió.

–Los armenios –dijo, simplemente.

Natalia también bebió un trago tímido pero generoso, seguido de un súbito ataque de tos. Todos rieron. Las luces entre la penumbra cambiaban de intensidad, se hacían más cálidas. La sombra era una danza pagana reflejada en los ojos de Natalia Bloj.

Yasha no se dio cuenta de cuándo se quedó dormido, pero al despertar con las primeras luces lo primero que vio fue a Natalia sobre él, en la misma posición, aún acariciándole los rizos. Los ojos le brillaban y, a pesar del cansancio que manifestaba, había cierta aura de alegría en sus pupilas. Yasha se incorporó, sus vecinos continuaban sentados en la misma posición. Acaso no habían pegado ojo. En eso apareció Natalia Ivanovna, la enfermera. Se quedó mirando al conjunto, paralizada por unos minutos, antes de decir palabra.

–¿Han dormido aquí? –el tono de su voz dejaba traslucir un temor velado. Tras unos instantes en los que pareció meditar profundamente sus palabras, volvió a hablar por lo bajo–. Váyanse a sus habitaciones, antes de que venga alguien.

A Yasha, las palabras de la enfermera, pero sobre todo el tono con que las había proferido, le causaron aprensión. Estuvo a punto de salir corriendo del lugar, y si no lo hizo fue porque la calma de los otros lo compelía a mantenerse firme. Sin embargo, obedecieron no como un mandato, sino como una súplica de la mujer de blanco. Al salir del salón, la enfermera cerró las puertas con llave.

En los pasillos no había nadie aún. Era muy temprano y ni siquiera se sentía el ajetreo de enfermeros comenzando su jornada. El lugar parecía más desierto que nunca, solos ellos cinco en todo el edificio. Subieron la escalera con paso lento. Natalia Ivanovna los seguía a distancia. En el piso de las chicas, Maya y Natalia Bloj se despidieron con un movimiento de ojos. Los chicos continuaron subiendo. Ya en el piso de arriba, justo antes de entrar a su habitación, Danko se volvió hacia la enfermera, ofreciéndole el frasco transparente al que aún le quedaba algo de contenido.

–¿Le apetece, señorita?

Natalia Ivanovna rechazó la oferta con un gesto cortés, pero luego quedó pensativa. Justo antes de marcharse se volvió.

–¿Qué es? ¿Agua?

Danko negó con la cabeza. Tenía aún esa sonrisa socarrona de siempre.

–¿Agua? ¡Por favor! ¡Más respeto!

La enfermera hizo un gesto de desaprobación y se marchó sin siquiera cerrar las puertas de las habitaciones. Danko bebió un trago y le ofreció el resto a Yasha. El alcohol seguía ardiéndole en los labios y la garganta. Yasha devolvió el frasco.

—Buena noche, ¿eh? —le dijo Danko antes de desaparecer tras la puerta de su cuarto.

¶

Lo que al principio había sido motivo de alegrías y de cenas con risas, poco a poco fue transformándose en un infierno para Yasha, y de paso también para su madre y su padrastro. Mijaíl Ilich Grosman, el subdirector del instituto, se fue a vivir con ellos en el pequeño apartamento, ya que el suyo lo compartía con otros inquilinos y resultaba incómodo para los encuentros amatorios. Pero es necesario introducir debidamente esta nueva situación, que no se dio de un día para otro ni mucho menos. Simplemente la presencia de Mijaíl Ilich se fue haciendo más habitual, y en el curso de unos meses iba cada vez más a menudo a visitarlos. Se quedaba a cenar, charlaban, bebían, Mijaíl Ilich jugaba ajedrez con Yasha, casi siempre le llevaba regalos. Un día se hizo tarde y la madre de Yasha sugirió que se quedara a dormir. Así, dos o tres veces más, lo mismo, hasta que un día el subdirector se apareció con sus maletas —que eran simplemente dos— en el pequeño apartamento. No fue ni mucho menos un atrevimiento de su parte, sino algo detenidamente planeado desde la semana anterior. La madre le habló a Yasha y le preguntó si él estaba de acuerdo, a lo que el chico respondió que sí, pues Mijaíl Ilich venía a representar para él un padre que no tenía y que apenas había conocido.

Al principio todo marchó bien. Mijaíl Ilich apenas intervenía en los problemas domésticos, cuando no estaba lejos, de viaje, en Minsk o más allá. Cuando regresaba era motivo de regocijo, pues venía contando historias increíbles y siempre cargado de presentes. Entonces iban de costumbre a cenar a algún restaurante, y hasta una vez los llevó en su automóvil a un balneario en Yalta. Fue un verano verdaderamente inolvidable, en el que Yasha vio el mar por primera vez y se enamoró de la playa de arena y de ese ambiente casual y despreocupado de los bañistas. Nada podía ir mejor. El chico era feliz, casi un niño normal con sus recién cumplidos diez años.

Luego todo empezó a cambiar y no precisamente para mejor. El cambio —más tarde pensó Yasha— tuvo lugar cuando comenzaban a circular noticias acerca de un accidente en la planta nuclear de Pripiat, en Ucrania. Al parecer, este accidente había ocurrido hacía meses, en abril, pero las noticias de la magnitud de la catástrofe llegaron mucho después, cuando el nuevo curso escolar ya iba avanzado. El chico no comprendía bien lo que pasaba, pero todo el mundo hablaba del accidente, al que calificaban de hecatombe y del que, sin embargo, los diarios y noticieros hablaban poco. Pero en la calle, las noticias circulaban con más libertad. Varias veces Yasha sorprendió a sus maestros, a los compañeros de su madre en el instituto o a su propia madre y a Mijaíl Ilich conversando con rostros graves sobre el tema. Al chico le pareció que, a partir de ese momento, la felicidad que había vivido hasta entonces se quebró y ya jamás volvió a recuperarse.

Sin embargo, si bien es cierto que la noticia del accidente en Pripiat mutó los ánimos antes felices en sombras cargadas de incertidumbre y preocupación, la verdad es que fue la convivencia prolongada con Mijaíl Ilich, un individuo con sus características peculiares y, hasta hacía muy poco, un completo desconocido para Yasha, lo que desencadenó una serie de situaciones incó-modas y hasta cierto punto insoportables en la vida cotidiana del pequeño apartamento. El subdirector del instituto, que al principio no intervenía en la crianza del chico, se vio, llegado el momento, autorizado a ejercer como padre y a contribuir en su educación. En un inicio esta contribución se limitaba a ayudarlo con algunas tareas, mas pronto incluyó también amonestarlo por algún mal comportamiento y hasta reprenderlo cuando incurría en faltas que Mijaíl Ilich consideraba graves. La madre de Yasha, por su parte, permitía esta actitud por parte del subdirector. Más aún, parecía aliviada de tener una figura paterna que ofrecerle al chico, una mano masculina que participara en la aplicación de la disciplina necesaria.

La situación fuera de casa tampoco ayudaba. Por todos lados se escuchaba hablar de aperturas y claridad, por una parte, pero por la otra también sobre problemáticas que dificultaban el desarrollo del trabajo conjunto. En particular se decía que los hebreos, con su secretismo y su inclinación a la disidencia, podían convertirse en germen de conductas antisociales que no se podían permitir. Yasha y su familia eran mal mirados por vecinos y antiguos compañeros, y hasta los profesores de la escuela comenzaban a verlo con una mezcla de temor y preocupación y se ensañaban con él, si no abiertamente, al menos sí de modo velado e indirecto. El ambiente general se sentía caldeado y plomizo, y los compañeros de la madre que tenían ascendencia hebrea comenzaban a hablar por lo bajo de planes migratorios, de tierra prometida y de la lejana y antigua Sión de los profetas. Esto, en un principio, no parecía hacer mella en la vida cotidiana del apartamento, pero un día Yasha escuchó a su madre y a Mijaíl Ilich hablar del tema en la cocina, cuando pensaban que él estaría durmiendo en su habitación.

Una idea fija comenzó a crecer en la mente del chico: abandonarlo todo, su casa, su ciudad, su país, para irse lejos a una tierra desconocida, de la que había oído hablar muy poco y no precisamente en buenos términos. Sin embargo, esa «tierra prometida» se le antojaba una promesa alegre, que le infundía esperanzas y hacía su vida más soportable, aunque tuviera aún que padecer privaciones y regaños, malos tratos y la mirada cada vez más fría y agresiva de sus conciudadanos.

¶

Poco tiempo después de que Yasha entrara a su habitación, sonó el timbre que anunciaba la hora de levantarse, la que, por ser domingo, era un poco más tarde que lo habitual. El chico se había acostado, sin quitarse las sandalias, mirando el techo. El «simulador» lo miró serio desde su cama, pero Yasha cerró los ojos y pretendió dormir. La mirada de Pável Ransójov era de reproche. Yasha lo vio a través de la cortina de sus pestañas, intentando no abrir demasiado los ojos. «¿Qué tiene?», pensó, «¿qué te molesta de lo que yo haga si, a fin de cuentas, no somos amigos, sino tan sólo compañeros de cuarto?». Pero el otro no dejaba de perforarlo con su mirada acusadora. Yasha se sintió incómodo. La mirada del «simulador» le recordaba a la que, tantas veces, le había ofrecido la madre. Abrió los ojos, decidido a enfrentar a su vecino. El otro bajó la cabeza e hizo un comentario conciliador. Yasha no contestó. Se quedó mirando el cielo raso mientras su vecino se calzaba y salía del cuarto.

Al levantarse ya era casi la hora del refrigerio de media mañana. Los chicos que tenían visita de sus padres no iban a comer, pues estos les traían suficientes provisiones para la semana, que los inquilinos despachaban en una noche. Así que en el comedor apenas deambulaban los que, por una causa u otra, no tenían visita. Allí estaban Danko, Maya y Natalia Bloj, algunas chicas anodinas, de las «perezosas»; varios de los «solitarios» y también la mayoría de los internos hebreos, incluido Pável Ransójov, el «simulador». Yasha fue directamente a la mesa de Maya. La chica entornó los ojos, coqueta, pero Yasha apenas la miró. Su vista estaba fija en Natalia. Esta se había arreglado y lucía totalmente distinta, como si la hubieran cambiado en el transcurso de la mañana. El chico se sentó junto a ella. Natalia sonrió.

Durante el tiempo que estuvieron en la mesa, Yasha sólo tenía ojos para Natalia. Tampoco es que tuviera mucho que hacer con la Bloj. No conversaban, sino que apenas se miraban, sonreían puerilmente, se sonrojaban. En un momento al chico se le ocurrió arrimar su cabeza rizada al hombro de Natalia y esta acarició los rizos, como había hecho la noche anterior. Fue entonces que Yasha notó la mirada inquieta y despechada de Maya. Él, a su vez, le devolvió una mirada que quería decir: «¿Y tú no preferías al políglota? Pues ahora vete con él». Yasha no le dedicó demasiado tiempo a este gesto. Por el contrario, se dejó llevar por las caricias que le proporcionaba Natalia, y recordó un tiempo de paz que parecía ya olvidado.

Al salir del comedor, sin embargo, el chico no se unió a la comitiva que salía al patio. No tenía nada que hacer allí. Prefería volver a la habitación y recuperar las horas de sueño. Nada se le había perdido en el patio poblado de internos con sus familiares. Él, que estaba solo en el mundo, no quería saber nada de aquellos que sí tenían a alguien y que exhibían con superioridad esa riqueza.

ς

La tarde de ese domingo fue más agitada que la mañana, más que el día anterior y que todos los días desde que Yasha había ingresado al Sanatorio. El chico se levantó a la hora del almuerzo y dejó con pesadez la habitación, pues apenas había logrado descansar. Bajó la escalera, y ya se dirigía otra vez al comedor cuando lo interceptó la figura melancólica del «simulador».

—Veo que tienes nuevos amigos —dijo este, fingiendo una sonrisa.

Yasha no supo qué responder. Se encogió de hombros y entró a la sala. En una mesa del final estaban ya sentados Maya y Danko. Natalia Bloj entraba en ese instante y ya se dirigía a donde aquellos, cuando de súbito Yasha la agarró de la mano y la condujo en dirección opuesta. Se sentaron junto a Pasha, quien no podía contener su sorpresa. Ahora era Maya la que los veía en la distancia, también sorprendida. A su lado, Danko, el «Zamenhof», tenía el mismo rostro socarrón de siempre, imperceptiblemente consternado. Natalia, aún impresionada, no le soltaba la mano a Yasha, y sólo lo hizo para poder auxiliarse del cuchillo a la hora de cortar un trozo de carne prensada.

Comieron en silencio. A ratos Yasha lanzaba una mirada de soslayo a la mesa del final, sólo para comprobar que Maya continuaba observándolo, también a ratos y de soslayo, con la misma actitud despechada. Yasha, entonces, sonreía para sus adentros y se aferraba a la Bloj. Su mayor gratificación llegó al ver que Maya, quien desde el comienzo se había mantenido en silencio, ajena a las ocurrencias de Danko, se levantaba de golpe, con el almuerzo a medias. La chica se disponía a abandonar el comedor cuando un enfermero –al que Yasha llamaba «No-se-puede»– le indicó que regresara a su puesto y terminara la comida. Maya regresó, visiblemente contrariada. Danko, al verla, sólo atinó a encogerse de hombros. Todo lo que ocurrió después pudiera haberse anticipado en este gesto, la señal de que un alto en el curso de los acontecimientos era necesario: un rompimiento.

Al terminar el almuerzo, se convocó a todos los internos, a los familiares visitantes y al personal – escaso en estos días– del Sanatorio, a reunirse en el salón, donde tendría lugar una suerte de junta para temas de interés común. Yasha hubiera preferido regresar a la habitación o perderse con Natalia Bloj entre los setos del jardín. Pero la asistencia a la reunión era de índole obligatoria. Los asistentes se fueron situando en el auditorio a medida que iban entrando. Delante, bajo la pantalla, donde la madrugada anterior habían estado Yasha, Natalia, Maya y Danko, unas sillas se habían colocado de frente a la audiencia. En el centro estaba la doctora Nikolaeva, a la que Yasha había visto en pocas ocasiones con posterioridad a su ingreso, flanqueada por la enfermera Natalia Ivanovna y «No-se-puede».

Al chico la presencia terrible de la Nikolaeva no lo angustió tanto como la de la enfermera. Recordaba el encuentro matutino. Yasha intentó pensar que quizá ella, Natalia Ivanovna, no habría dicho nada de lo visto, ¿si no por qué les había pedido, casi ordenado, que abandonaran el salón cuanto antes? Se dijo a sí mismo que, en cualquier caso, no era para tanto. Sí, en efecto, habían pasado la noche en el salón, los cuatro. ¿Había algo de malo en ello? ¿Era una indisciplina? Quizá, pero de cualquier modo leve, suficiente para una amonestación ligera y nada más. También estaba el hecho de que habían bebido alcohol. Eso pudiera ser más grave. Sin embargo, a fin de cuentas, era cosa de chicos, una tontería. Yasha estaba casi seguro de que no se iba a repetir, no hacía falta aplicar ningún castigo.

Cuando todos los convocados estuvieron presentes y ocupando sus asientos, la doctora Nikolaeva comenzó la «reunión». Con su voz juvenil y enérgica empezó hablando de la situación precaria de la institución, debida a la crisis que afrontaba el país, para luego adentrarse en detalles concretos como la falta de abastecimiento y las deserciones de personal, todo sumado a la gran demanda que tenía en estos tiempos un establecimiento como el Sanatorio, cuya labor había encaminado desde hacía más de una década a innumerables jóvenes «descarriados». Subrayó también que la clínica no era precisamente un reformatorio, sino un lugar donde se atendían y trataban, la mayor parte de las veces con éxito, los padecimientos psiquiátricos y psicológicos que se diagnosticaban en la adolescencia. Dicho esto, exhortó a los familiares presentes a que tomaran en consideración ambos aspectos —el de la misión netamente terapéutica de la institución y el de su precariedad actual—, y que, en el caso pertinente, cavilaran sobre la posibilidad de retirar a aquellos cuyos casos no fueran de índole aguda, o los trasladaran a alguna otra institución, es decir, a un reformatorio propiamente dicho o su similar.

La naturalidad con que la doctora adornó la dureza de estas palabras asustó a Yasha. En cualquier caso, este discurso no estaba dirigido a él, pues carecía de representante adulto que se hiciera cargo de su extracción o su traslado. Sin embargo, precisamente esa carencia lo hacía más vulnerable. ¿Y si la dirección del Sanatorio se atribuía la potestad de disponer de él a su antojo? ¿Y si resultaba que él, Yasha, constituía un estorbo para el personal y la doctora Nikolaeva resolvía enviarlo a un internado, o peor, a un reformatorio? Si bien la situación que se le presentaba no era la que el chico temía al principio, por la mirada severa de Natalia Ivanovna y el recuerdo de la mañana, las palabras de la directora le resultaban aún más terribles. Yasha comenzó a mirar a todas partes, buscando un rayo de esperanza al cual asirse. Las piernas le temblaban y un sudor frío le recorrió la nuca, a la par que la boca del estómago, inquieta, le daba unos brincos insoportables.

La doctora Nikolaeva no había terminado, no obstante, su discurso. Y ahora comenzó detallando, aunque sin mencionar nombres, algunas situaciones en las que la disciplina se había visto alterada. Habló, por supuesto, de los «varegos», que en la tarde anterior habían sido conducidos a la «perrera». Comentó al respecto que este tipo de comportamientos era intolerable y, para felicidad de Yasha y de alguno más, designó a Olia y a Mikolái como prospectos de expulsión —así se refería al traslado inmediato a un reformatorio—. Pero luego hizo referencia a la violación de los horarios y áreas de descanso y recalcó que esa conducta, si bien no constituía una indisciplina de las más graves, no iba a ser en lo adelante tolerada. Sí, Natalia Ivanovna había ido con el chivatazo. La enfermera lo miraba ahora, especialmente a él, con un rostro inextricable, mezcla de preocupación y de reproche. A Yasha le llamó la atención que la doctora no mencionara el consumo de alcohol entre los aspectos reprimibles. Pero esa omisión, sospechosa por demás, era por el momento esperanzadora. El chico respiró aliviado.

En ese instante, la reunión fue interrumpida por Danko Shegal, que, salido de la nada, se puso de pie en mitad del salón. Todos se quedaron expectantes, observando al chico, por si tenía algo que declarar. Danko se quedó inmóvil durante un instante prolongado. Yasha pensó que el «Zamenhof» disfrutaba con ese estado de tensión que había provocado de buenas a primeras en el auditorio. Entonces, de forma inesperada, Danko se bajó los pantalones. Quedó desnudo de la cintura para abajo, exhibiendo sus genitales. Se escucharon algunas exclamaciones por parte de los visitantes. Los internos del grupo de los eufóricos, concentrados hacia el ala izquierda, comenzaron a aplaudir. El salón se llenó de risas, unas claramente burlonas y otras nerviosas. Sobre todo las chicas reían de modo histérico, sin poder contenerse ni dejar de mirar el «racimo» de Danko. Esta era la señal que él esperaba. En cuanto las risas estallaron, y mientras «Hércules» y «No-se-puede» se levantaban para lanzarse sobre él, Danko se echó a correr. Pero no corrió fuera del salón, en dirección opuesta a los enfermeros, sino que fue directamente hacia ellos. Cuando ya los tenía encima, los esquivó con un movimiento ágil y se abalanzó sobre Natalia Ivanovna.

La enfermera, al ver al chico corriendo hacia ella, con la mirada desorbitada y los genitales colgando, dio un brinco sobre la silla y a continuación también corrió, huyendo de Danko. El chico, como un sátiro en celo, no se amilanó ante la huida de la enfermera, sino que esta reacción pareció excitarlo aún más. Danko aullaba como un primate en pos de Natalia Ivanovna, perseguido a su vez por los enfermeros y por la doctora Nikolaeva, que había perdido toda compostura —los anteojos torcidos y el pelo revuelto— y gritaba a voz de cuello que lo atraparan cuanto antes. La audiencia, por otra parte, no hacía otra cosa que contemplar el alboroto sin poder mover un músculo. Internos, familiares y hasta las mujeres de la cocina observaban paralizados, mientras Natalia Ivanovna brincaba sobre las sillas, siempre a punto de ser cazada por Danko, a quien la boca le espumeaba y los ojos se le salían de las órbitas. La otra enfermera, la de las inyecciones, aprovechó la confusión para salir inadvertida de la sala. Yasha la vio encender un cigarrillo justo antes de atravesar la puerta.

Al fin, «Hércules» y «No-se-puede» lograron atrapar al sátiro. En realidad, podría decirse que Danko se dejó atrapar, aburrido de la persecución y satisfecho por el revuelo que había armado. Natalia Ivanovna también detuvo la carrera y se refugió temblorosa en un rincón. La doctora Nikolaeva se acomodó los anteojos y, también inquieta, miró de pronto a todas partes. Los enfermeros llevaron a Danko, que se dejaba arrastrar mansamente, fuera del salón. La audiencia quedó aún atontada por unos minutos, hasta que la Nikolaeva, tomando un respiro, dio por terminada la reunión y abandonó el recinto.

Cuando todos salieron, Yasha encaró a la enfermera, que aún lloraba en un rincón. El chico pensó que le estaba bien merecido y hasta se alegró un poco de sus lágrimas. Ella, al verlo, se secó las lágrimas detrás de sus anteojos.

—Crees que fui yo quien habló con la doctora, ¿verdad? —dijo con voz lastimera, intentando recomponer su dignidad—. Sí, lo crees. ¡Pues te equivocas!

Yasha no replicó. Salió también del salón, pensativo. Afuera, en el pasillo, se encontró con Pável Ransójov, el «simulador». Estaba pálido y, al verlo, salió disparado hacia la escalera. Yasha permaneció quieto un instante. Pensó en regresar al salón. No tenía caso. Echó a andar con rumbo a la enfermería. Quería saber a dónde habían llevado a Danko.

§

En el día de su décimo cumpleaños, Yasha fue a cenar con su madre y Mijaíl Ilich a un restaurant de la calle Arbat. Aún no habían tenido lugar ni la catástrofe del reactor número cinco de Pripiat ni toda la ola de malestar generalizado que sucedió después. La vida en la ciudad era todavía tranquila y feliz, o al menos eso aparentaba. Pero Yasha no era feliz, no del todo, aunque la vida en la ciudad fuera tranquila. Había algo que le faltaba, que añoraba terriblemente. Y ese algo estaba lejos, muy lejos, en Kiev, o en Lvov, o más allá, en el lejano Afganistán.

Al chico, los desconocidos con el pelo revuelto, el gabán enfundado y cierto aroma a tabaco le producían una sensación extraña, entre nostalgia y desamparo, como un brinco en el estómago precedido de un hormigueo en esa zona del vientre. Si estos desconocidos eran, además, vagabundos –de los que ya comenzaban a verse por avenidas como la Arbat, escarbando en los latones de basura y huyéndole a la milicia–, con rostros desconsolados y la mirada perdida, la tristeza hacía aún más mella en el ánimo de Yasha; una tristeza que lo debilitaba hasta el punto de tumbarse en un rincón. Hubiera dado cualquier cosa, sus bienes más preciados, por hacer felices a esos desamparados, por borrar de sus rostros huesudos y sucios los rasgos del dolor y la miseria.

Así que ese día Yasha, su madre y Mijaíl Ilich cenaron en la tranquilidad del restaurant, y el chico pudo pedir sus platos favoritos, los cuales, aunque no sabían igual que en casa, tenían el gusto siempre atractivo de lo ajeno. Había sido una buena noche. Pero, al salir, ahí estaba el vagabundo ojeroso y triste, con el pelo revuelto y el aroma a tabaco, que atormentaba el sueño y la vigilia de Yasha. Se acercó y pidió algo de suelto, para comer, con unos ojos a los que sólo les faltaban las lágrimas, extendiendo una mano callosa y mugrienta, una mano que no infundía miedo, sino pena. Yasha miró a su madre y luego a Mijaíl Ilich, mas no hubo respuesta. La madre titubeó un instante, Mijaíl Ilich sólo respondió con un No rotundo y arrastró lejos a la mujer y al chico.

Habían avanzado ya unos pasos cuando Yasha se detuvo. La madre intentó hacerlo avanzar, pero él se había quedado petrificado en su sitio. Cuando la mujer le preguntó qué le pasaba, el chico rompió a llorar. Primero como un sollozo casi invisible, eco de esos pequeños saltos que le enfriaban el vientre, luego como un torrente incontenible. Mijaíl Ilich resopló. La mujer lo miraba con rostro compungido y resignado a la vez. El subdirector metió la mano en el bolsillo, extrajo la cartera y de esta sacó un pequeño billete de un rublo, que puso en la mano temblorosa de Yasha.

Pero ya no había nada que hacer. Cuando el chico volvió sobre sus pasos, en los alrededores del restaurant ya no había rastro de aquel vagabundo. Yasha caminó bajo la luz de las farolas, buscando en cada rostro, en cada esquina, aquellos ojos, aquel pelo revuelto, el aroma de tabaco. En una entrecalle creyó ver una chaqueta verde y sucia revolviendo unos latones de basura. Se acercó y llamó al hombre por la espalda. El vagabundo se dio vuelta, pero no era el mismo. Eran otros ojos, igual de tristes, pero no «aquellos» ojos. Este tenía la vista más perdida. Su aroma era más fuerte, de vodka y de orines. Su imagen asustó al pequeño, pero no provocó de ningún modo el brinco en el estómago. Yasha regresó con su madre. Con la cabeza gacha devolvió el billete de un rublo a Mijaíl Ilich.

§

Danko estaba en su habitación. Le habían dispensado un sedante y, por si esto no fuera suficiente, lo habían atado a la cama. Allí estaba él, Danko Shegal, «Zamenhof», el sátiro, agarrado por correas bien ajustadas a sus tobillos y muñecas. Yasha entró a la habitación. Danko no se movía, no forcejeaba, sólo miraba en dirección a la ventana. Al ver entrar a Yasha, sonrió, pero su sonrisa era más bien una mueca doliente. Yasha se acercó a la cama, sin decir palabra. Danko lo contempló unos segundos en silencio. Yasha se acercó un poco más, tratando de interpretar lo que aquel quería decirle con la mirada.

—Desátame —dijo entonces Danko con un hilo de voz imperceptible.

—¿Qué? —replicó Yasha.

—¡Que me desates! —se esforzó el otro por alzar la voz.

Yasha caviló un instante en el que miraba ora a Danko, ora a la puerta. En eso entró el enfermero «No-se-puede».

—Lo siento —fue la respuesta de Yasha antes de abandonar la habitación, bajo la mirada vigilante del enfermero.

Danko, el sátiro, «Zamenhof», el políglota, el socarrón irreverente, volvió la vista a la ventana. El cielo lucía especialmente azul tras los cristales.

Yasha bajó las escaleras en dirección al salón. Iba con paso lento, cabizbajo. Los últimos acontecimientos le habían recordado la precariedad de su situación, lo absurdo y desraizado de su vida actual, la lejanía de todo lo que alguna vez había sentido cómodo y suyo. Pensó en dirigirse al salón tal como se le hubiera ocurrido salir al patio, al jardín, a la verja, a ninguna parte. Sus pies no tenían destino. Solo quería bajar, estar más cerca del suelo. Si fuera posible podría seguir descendiendo, más allá de la tierra, a algún sitio cálido y alejado de todos.

En el piso de las chicas tropezó con Maya, que parecía que lo hubiera estado esperando allí. La chica también andaba cabizbaja, y al principio no reaccionó ante su presencia. Solo cuando Yasha se disponía a continuar el descenso, Maya le habló.

—¿Has visto a Danko? —preguntó con un hilo de voz, como quien quiere preguntar otra cosa.

—Vengo de verlo. Lo han atado a la cama.

Maya asintió como si conociera de antemano la respuesta. «¿No tienes nada más que decir?», pensó Yasha. Se quedaron un instante observándose mutuamente, en silencio. El chico la miraba con cierto aire de despecho, ella con un rostro lastimero, suplicante. Cuando se le hizo evidente que Maya no diría más, Yasha dio media vuelta sin despedirse, y ya casi bajaba el tramo faltante de la escalera cuando la chica volvió a hablarle.

—¿Quieres ver una cosa?

Yasha se volvió sin abandonar la escalera.

—Ven —le dijo Maya extendiéndole la mano—. Voy a enseñarte mi tesoro.

El chico la siguió con repentino entusiasmo. Ella lo condujo a su habitación. Esta era como las otras. Natalia, que antes ocupaba sola el cuarto y ahora lo compartía con Maya, se hallaba probablemente en el patio, así que estaban los dos solos, al menos por un rato.

—Aquí está —dijo Maya sacando una caja de debajo de la cama. Yasha supo enseguida de qué se trataba, aun antes de que ella quitara la tapa—. Este es mi tesoro.

La caja, de cartón amarillo, contenía un proyector de filminas en las que el rollo se va pasando cuadro a cuadro con una manivela. Yasha tenía uno de estos proyectores, además de una colección bastante grande de filminas. Él mismo, incluso, había hecho las suyas propias, valiéndose de rollos de acetato y temperas. Sus pequeñas películas duraban poco, pues el material no era muy resistente al calor de la bombilla y tampoco había tenido el tesón de completar ninguna.

Maya sacó otra caja, de tamaño parecido. Dentro estaban las filminas. Yasha reconoció algunos títulos, como *El rey cuervo*, *Vete a buscar el viento*, las dos partes de *Chipolino*, *El buque fantasma*... También vio otras que no tenía. Esas fueron las que le llamaron la atención.

—¿Vemos una? —preguntó Maya con voz de niña pequeña.

Yasha asintió. Primero pensó en escoger él mismo la filmina, pero luego le pareció que sería más interesante ver la que escogería la chica. A fin de cuentas, eran su habitación y su «tesoro».

Maya conectó el proyector y apagó la luz. En la pared apareció un cuadro con colores, como un patrón de pruebas del televisor. La chica agitó la manivela y apareció el título: *Pippi Calzaslargas*. Yasha no había visto esta filmina, aunque conocía el libro.

—Yo soy ella —dijo Maya cuando apareció sobre la pared el rostro pecoso y con trenzas rojo fuego.

Yasha abrió extremadamente los ojos. No había nada en Maya que recordara a Pippi Calzaslargas. El pelo de la chica era rizado y negro, por más que lo tuviera amarrado en una trenza larga. El rostro pálido no tenía la menor huella de pecas y, sobre todo, la actitud frágil de Maya era el opuesto de la rudeza casi varonil del personaje. Sin embargo, Maya señalaba a la pantalla con una determinación irrefutable. El chico tuvo que concederle, para sus adentros, que si ella quería ser Pippi Calzaslargas entonces no había nada que hacer.

Los colores de la filmina inundaban la penumbra de la habitación. La imagen no se veía demasiado bien, en parte por culpa del empapelado de la pared, en parte porque a través de la ventana el cielo de la tarde aún estaba claro. Pero a Yasha no le importó. Estaba concentrado en la cercanía del cuerpo de la chica, a quien, aunque no se atreviese a mirar, sentía respirar junto a él, en la penumbra. Maya, más concentrada que él en la historia, hacía girar a cada tanto la manivela. Yasha hubiera deseado estar para siempre así, en silencio, sabiéndola cerca, sintiendo su respiración. Demasiado pronto terminó la película.

—¿Te ha gustado? —preguntó ella.

Pero Maya no esperó la respuesta. Con un gesto rápido, probablemente calculado durante mucho tiempo, quizá hasta ensayado en soledad, se arrojó sobre Yasha y le puso un beso en los labios. En ese instante Natalia Bloj entró a la habitación.

—Estábamos viendo unas filminas —le informó Maya a la recién llegada con naturalidad sospechosa—. ¿Vemos otra?

Esta pregunta iba dirigida a Yasha. Este dudó un momento. Luego, resuelto, se puso de pie.

–No, gracias. Mejor otro día.

❡

Más tarde, ya en la noche, en la penumbra total de su propia habitación, la mente de Yasha aún proyectaba esas imágenes coloridas. Allí el rostro de Pippi Calzaslargas se le confundía efectivamente con el de Maya, que surgía del empapelado de pared y le plasmaba un beso húmedo y tibio sobre los labios. La escena se repetía una y otra vez, por lo que el beso se multiplicaba hasta el infinito.

Yasha despertó en medio de la oscuridad. Desde la cama de al lado, Pável Ransójov emitía sus ronquidos. A través de la ventana ya no entraba el azul claro del cielo, sino una sombra aún mayor que la que ya reinaba en la habitación. Yasha sintió que algo le pulsaba más abajo del vientre, entre las piernas. Metió la mano dentro del pantalón. El sexo, endurecido, creaba un pequeño monte bajo las sábanas. Yasha comenzó a agitarlo. Pensó en la mano de Maya haciendo girar la manivela del proyector de filminas, esa mano blanca y suave. La suya redobló el ímpetu. Los labios de Maya se le acercaban una y otra vez, y una y otra vez sentía esos labios húmedos y tibios sobre los suyos. Un líquido viscoso brotó de su cuerpo e impactó la sábana. La mano dejó de temblar. El pequeño monte dejó de latir y poco a poco fue descendiendo sobre una humedad pegajosa y tibia.

El chico volvió a dormir. Pero esta vez no soñó con filminas ni chicas de trenzas rojas. Esta vez su sueño fue más lejos, a un pequeño apartamento de la calle Sadóvaya.

V.

El perro de Pávlov

Quizá mucha gente haya escuchado hablar alguna vez acerca de Pávlov y su perro. Iván Petróvich Pávlov era un fisiólogo, nacido en Riazán, que dedicó buena parte de su vida a experimentar con la paciencia del mejor amigo del hombre. Le ponía al perro los alimentos a través de un cristal, hasta que el pobre chucho comenzaba a salivar de hambre y de rabia contenida. Cualquiera podría pensar entonces que Pávlov murió como resultado de una mordida de su perro, pero no fue así: murió tranquilamente a la edad de ochenta y siete años en su casa de Leningrado.

En el Sanatorio existía un pabellón, alejado del edificio principal y separado de este por un laberinto de setos en forma de jardín renacentista, donde eran recluidos los internos en caso de conducta gravemente indisciplinada. Este pabellón era conocido entre los chicos como «La perrera de Pávlov», porque en su fachada exhibía el nombre de I.P. Pávlov, en honor a sus aportes a la ciencia.

El mismo día en que Yasha ingresara al Sanatorio, su compañero de habitación, Pável Andréevich Ransójov, el «simulador», le comunicó a aquel la existencia de dicho pabellón, y también le dijo que uno de sus inquilinos más notorios había sido Daniil Moshéevich Shegal, más conocido como Danko. También, más adelante, el chico había sido testigo de la reclusión en la «perrera» de los «varegos», Olia y Mikolái, el día que uno de estos había propinado un pelotazo adrede a Pasha Ransójov, cuya nariz había sangrado a raíz del impacto. Sin embargo, Yasha aún ignoraba la índole de las prácticas que en tal pabellón se hacían, así como cuál era la magnitud de la indisciplina que prescribía el internamiento en ese lugar. En el caso de los «varegos» estaba claro: un pelotazo aposta a otro interno con la pesada pelota de baloncesto; pero, en el caso de Danko Shegal, que tan sólo —según las palabras del «simulador»— había arrojado sus alimentos al suelo, parecía una arbitrariedad y una exageración, sólo justificable de existir un historial previo de mala conducta. Pero, ¿no había sido acaso la más reciente barrabasada de Danko, el sátiro, más meritoria de un internamiento en la «perrera»? ¿No se había bajado los pantalones y exhibido sus genitales ante un público de internos, personal del Sanatorio y visitantes, tras lo cual había perseguido a la enfermera Natalia Ivanovna por toda la sala? Y, a pesar de todo, a Danko Shegal no lo habían conducido inmediatamente a la «perrera de Pávlov», sino que apenas lo habían atado a su cama, abrumado por sedantes.

No, a Danko no lo habían mandado esta vez al pabellón nombrado por el fisiólogo, pero su destino era peor. Su caso se había diagnosticado como incurable, y se prescribía su traslado a otra instalación —es decir, a un reformatorio—, aunque, por recomendación expresa de la doctora Nikolaeva, también se contemplaba la opción de esperar —a Danko le faltaban apenas unos meses para la mayoría de edad— a que el chico pudiera ser admitido en un manicomio para adultos. Mientras esperaban, Danko permanecería atado a su cama, alimentado a base de papillas por una enfermera y sedado periódicamente, para que no fuera a sobrevenirle un acceso de furia después de tanto tiempo confinado.

Pero —podría pensarse—, ¿acaso no existía, en el caso de Danko, alguna autoridad familiar que pudiera contradecir la sentencia médica? Evidentemente no. Danko Shegal llevaba ya varios años en el Sanatorio. Su presencia allí era anterior a la del resto de los internos, y si tenía padres estos no se ocupaban en lo más mínimo de él. Jamás lo visitaban, ni Danko tenía noticias de ellos ni de sus vidas. Sin embargo, no era el único en esta situación. Yasha había comprobado que muchos de los chicos no tenían visitas, y él mismo, desde su internamiento, no había tenido información ni nada parecido de los suyos.

¶

¿Cuándo fue que cambió la vida de un niño que una vez fue feliz con sus padres en un pequeño apartamento de la calle Sadóvaya? Yasha creía firmemente que este cambio se había producido tras el accidente de Pripiat, que antes de eso su vida había sido más o menos feliz. Y esto era cierto en parte, aunque había existido una época anterior, que el chico apenas recordaba, en la que no había maestros ni condiscípulos que lo vejaran y, sobre todo, no lo atormentaba el recuerdo de un desconocido con el pelo revuelto y cierto aroma a tabaco. Pero esta época estaba sumergida en las aguas profundas de su memoria, donde no llegaba siquiera un mínimo rayo de luz. De esta época Yasha sólo se acordaba en sueños, o en una especie de nostalgia inexplicable que lo invadía a ratos, y se marchaba tal como había llegado. Solo eran sombras, figuras nebulosas de un tiempo extinto para siempre.

Después del accidente, sin embargo, la vida no cambió de inmediato, sino que lo hizo lentamente, día a día, mes a mes, año tras año. Incluso los tres años que siguieron a la explosión del reactor número cuatro de Pripiat aún podían considerarse medianamente apacibles, si no felices. Pero luego vino un terremoto en Armenia, que empeoró notablemente las cosas, y al año siguiente la caída del muro en Berlín, y el invierno más crudo que Yasha había conocido hasta entonces. Los comentarios que el chico escuchaba eran cada vez más desalentadores. La preocupación crecía notablemente entre los adultos, mientras el cielo se volvía más gris y más distante.

Yasha estaba sentado frente a la ventana de su habitación, junto a la mesita que había al costado de su cama. Del otro lado del cristal el cielo caía en diminutas partículas de frío que azotaba el vendaval. No había nada que hacer en la calle. No es que a Yasha le importara demasiado salir, si tenía en su pequeña habitación todo lo necesario, pero el paisaje retratado a través de la ventana lo llenaba de una desazón incómoda. Hubiera querido correr escaleras abajo, bañarse en esa playa cegadora y terriblemente fría. La nieve iba cubriendo cada vez más el mundo afuera, y ya ni siquiera podía verse el edificio del otro lado de la calle. Dentro también hacía frío. La calefacción no funcionaba a plenitud, debido a los recortes. Yasha tenía puesto un jersey grueso y encima el paltó, las manos cubiertas por manoplas. Pero aún tenía frío, un frío que le corroía los huesos, que le iba entumeciendo lentamente los miembros, como una muerte lenta y definitiva. También tenía hambre, el estómago le rugía y le producía un dolor de cabeza insoportable. En un momento no resistió más y salió de su habitación. Afuera, en la cocina, la madre y el subdirector conversaban en voz baja. No era necesario que interrumpieran su diálogo al ver al chico, él sabía muy bien de qué hablaban y tampoco quería escucharlo. Se podían haber ahorrado los rostros endurecidos. Él no necesitaba eso. Fue hasta la puerta de la calle y, sin dar tiempo a que lo detuvieran, salió disparado por el corredor, escaleras abajo.

Le costó trabajo abrir el portón, que el viento se esforzaba por cerrar. Cuando logró salir al umbral, el aire lo cegó con una nube de pequeños cristales de hielo que se le clavaron en los ojos como agujas. La nariz y los labios le ardieron de golpe y tuvo que aferrarse al muro para contrarrestar la fuerza que lo empujaba hacia atrás. Entonces sintió también agujas en toda la cara, sobre todo en las orejas, que poco a poco dejaba de sentir. Se agarró los pabellones de las orejas. La carne le hervía de frío. Agarró un poco de nieve y lo frotó contra los cartílagos helados, la cara, los párpados. Una suave y tibia sensación le corrió por el rostro, a la vez que el sueño se apoderaba de sus músculos. Luchó un poco contra la corriente, pero al fin el vendaval era más fuerte y se dejó caer sobre el colchón de nieve blanca que cubría la acera.

Escuchaba la voz de la madre como en sueños, vaga y lejana. También escuchaba, más fuerte, el rugido de Mijaíl Ilich. Apenas podía abrir los ojos y, de todos modos, se estaba tan cómodo así, arropado por el sueño, sobre esa cama blanda y blanquísima... Sintió los brazos de la madre que le cubrían el cuerpo. Luego otros brazos, un poco más robustos, que lo alzaron hasta ponerlo en pie. Se dejó llevar. Ya no era dueño de su cuerpo. Sintió un abrir y cerrar de puertas, cesó el aullido terrible del viento. La tormenta quedó fuera. Un escalón, otro, así hasta llegar al descanso. Otra puerta, una habitación algo tibia. La cama, por fin, la manta. Luego el aroma del té, el humo caliente que le devolvía la vida a la piel del rostro.

¶

En el Sanatorio no todo era reclusión y ocio, como podría pensarse. Es cierto que la mayor parte del tiempo la vida allí era rutinaria y tranquila, por no decir aburrida, a excepción de algunos episodios de euforia provocada por alguno de los internos. Eso sí, la alimentación era buena, al menos en lo que se refiere a cantidades, seis veces al día. Pero los internos, además de alimentarse, dormir, hacer deporte o vaguear debían, periódicamente, al menos una vez por semana, presentarse a exámenes y consultas en los que se evaluaban el estado de su padecimiento, sus mejorías –de haberlas– o sus retrocesos y, en general, la progresión de sus conductas. A Yasha, en las semanas que llevaba interno, ya le habían hecho infinidad de pruebas. Lo habían puesto a dibujar, a completar frases y rompecabezas, a escribir sobre sí mismo, a contestar cientos de preguntas, y hasta le habían llenado la cabeza de cables adheridos al cráneo por una especie de plastilina que se le enredaba en los rizos y se demoraba bastante en caer. Pero lo que más odiaba el chico eran las sesiones con la doctora Nikolaeva, en la que esta le hacía preguntas y le hablaba de su vida como si ella la conociera mejor que él.

Mientras Yasha esperaba con angustia su próximo enfrentamiento a la Nikolaeva, otro tipo de encuentros le producían igual desazón. Por una parte, ansiaba volver a estar a solas con Maya, sentir otra vez esos labios tibios y húmedos sobre los suyos. Pero, por otra, también estaba Natalia Bloj, quien de algún modo se había ilusionado con la cercanía que habían experimentado en los últimos días. Ahora el chico no sabía cómo responder a cada una. Temía lastimar de algún modo a Natalia, hacia quien también había desarrollado cierta clase de afecto. Al entrar al comedor, a la hora del desayuno, allí estaban las dos, en la misma mesa. Ambas parecían esperarlo con la misma impaciencia. Yasha entonces optó por evitarlas y fue a sentarse en una mesa vacía. En ese momento sintió más que nunca la ausencia de Danko Shegal, quien seguía atado a la cama, atiborrado de sedantes y en espera de ser trasladado hacia alguna institución desconocida. Yasha pensó en qué habría hecho Danko en esa situación. Seguramente habría resuelto con gracia el problema y todos habrían quedado contentos.

Desayunó con pesadez, sin ánimos de enfrentarse a la mermelada de frambuesa o a los panecillos. Estaba solo en su mesa. Sabía que era observado por las dos chicas desde un rincón alejado del comedor. Pável Ransójov, el «simulador», también lo observaba desde su sitio, extrañado y dolido. Yasha se sentía incómodo. El Sanatorio, al que de algún modo se había ido acostumbrando, le parecía nuevamente inhóspito y ajeno. ¿Qué había hecho para terminar así, abandonado por todos, en esta especie de cárcel de conciencia? Ya terminaba con desgano de ingerir la mermelada cuando un enfermero, el «Aristócrata», le anunció que la doctora Nikolaeva lo esperaba en su despacho.

¶

Estar solo en el mundo, sentirse constantemente fuera de lugar, no tener a dónde ni a quién recurrir, dónde o en quién buscar refugio, era algo a lo que Yasha debía estar ya acostumbrado. ¿Pero cómo acostumbrarse a la incomodidad y al desamparo? Eso sería como resignarse a la muerte antes de tiempo, como estar vivo y muerto a la vez, como ser un fantasma vagando, eternamente, por el mundo de los vivos. Y todo eso, si terrible para una persona de cierta edad que ha conocido tiempos mejores, para un chico que va dejando atrás la infancia y a quien ya se le confunden los recuerdos, para quien el pasado feliz no es siquiera algo vivido a lo que aferrarse, para él esa suerte de exilio interior era aún más inhumano, pues ni siquiera podía abrazarse a la esperanza.

Así era la vida de Yasha, en el pequeño apartamento de la Sadóvaya, en medio del invierno de sus catorce años. Encerrado prácticamente en su habitación, sin poder salir a la calle, pero sin encontrar sosiego tampoco entre paredes, se perdía cada vez con más frecuencia en la nebulosa de los recuerdos imposibles, de las ensoñaciones que ya no podría deslindar cabalmente. Esa vida paralela que siempre había llevado consigo, y que le hacía más llevaderos sus días de vigilia, adquiría con más fuerza carta de naturaleza. Poco a poco iba suplantando en su conciencia las experiencias reales, el mundo diurno, su vida verdadera en el pequeño apartamento. Y, cuando se veía obligado por alguna circunstancia a abandonar su ensueño, o no podía aferrarse a él porque la realidad pesaba o estorbaba demasiado, entonces le sobrevenían unos accesos de rabia incontenible, que lo llevaban a arremeter con todo y contra todos.

Yasha llegó un día del colegio más temprano de lo habitual. Su madre y el subdirector estaban en casa, pues el instituto había cerrado por tiempo indefinido, en lo que reorganizaba su plantilla y definía su futuro incierto. El ambiente en el apartamento estaba más caldeado que de costumbre. La madre y Mijaíl Ilich pasaban cada vez más tiempo con las caras largas, con el ceño deprimido, conversando en voz baja en la cocina o sentados en el sofá de la sala sin mirarse, perdidos, el uno, en la estática del televisor, esperando una respuesta definitiva en las noticias; la otra, en el gracioso brillo de vidrio de unos caballitos en actitud idílica, regalo del subdirector, que adornaban el mueble donde se ubicaba el aparato telerreceptor. El chico entró sin decir palabra y se encerró en su habitación. Al poco rato sintió unos golpes a la puerta. Era la madre.

—Al menos podrías saludar cuando llegas, ¿no?

—Hola —dijo él.

—¡Déjate de sarcasmos, Yasha! —La madre era un manojo de nervios a punto de explotar—. Sal un poco del cuarto y comparte con nosotros.

El chico obedeció a regañadientes. Fue a la sala y se sentó en el sofá, frente al televisor. Mijaíl Ilich andaba por la cocina, a cada rato se lo sentía golpear las paredes. Yasha cambió el canal, ponían la serie *Un niño con estrella*. La madre se sentó junto a él, y Yasha se acomodó sobre el sofá, con los pies sobre el brazo del mueble. Entonces el subdirector apareció en la sala, se acercó al televisor y cambió el canal. Otra vez noticias y más noticias que no acababan de decir nada en concreto.

—¡Estaba viendo eso! —chilló el chico.

El subdirector no se inmutó. Fue a sentarse junto a la mujer y en eso vio los pies de Yasha sobre el brazo del sofá.

—¡Siéntate correctamente!

Yasha se puso de pie de un brinco y fue corriendo a su habitación. Al entrar dio un portazo que retumbó en todo el apartamento. Y quizá hubiera sido mejor que se quedara allí encerrado, pero escuchó los gritos del subdirector, las cosas que decía de él ante el silencio de la mujer. Así que salió afuera y encaró al subdirector. Los gritos se detuvieron al verlo.

—¡Tú no eres mi padre! —profirió Yasha—. ¡Yo no tengo padre! ¡Y ya no grites! ¡Esta no es tu casa!

El pequeño apartamento se tornó un cementerio de silencio. Por unos segundos sólo resonó el eco de las palabras del chico. Mijaíl Ilich no volvió a gritar, le dio la espalda a Yasha y fue a sentarse, cabizbajo, a la mesa de la cocina. La que explotó entonces fue la madre, pero no con un alarido surgido de su garganta, sino con el dorso de la mano, que en un movimiento cargado de rabia azotó la mejilla de Yasha, descargando toda la fuerza de sus músculos. El chico se quedó pálido y mudo, en el mismo lugar, aunque el golpe le había removido todos sus cimientos. La mujer también se quedó congelada en su sitio unos instantes, pero luego se volvió y marchó llorando a su habitación.

Yasha sintió la sangre arder y subirle toda a la piel de la cara. La sintió concentrarse en el área de la bofetada y luego recorrer los pómulos, la frente, la raíz del cabello. Los ojos le dolían y los nudillos se le volvieron blancos en los puños engarrotados, como el acero cuando se tensa y quema al ser puesto sobre el fuego. Entonces hizo algo de lo que se arrepentiría en el acto, pero que en ese momento no pudo evitar, ciego por la rabia. La sangre aún le ardía, y le dolían los ojos y el pecho. Caminó hasta el mueble del televisor y se apostó allí quieto, con una paciencia surgida de la furia contenida. Esperó a que la madre saliera del cuarto, y cuando ella fue a buscarlo a la sala y lo encaró con rostro de súplica, él agarró los caballitos de vidrio, regalo de Mijaíl Ilich, que adornaban el mueble. Con un movimiento rabioso y el rostro lleno de odio los lanzó a un rincón, donde se hicieron añicos.

¶

¿Cómo puede un cuerpo de apenas quince años cargar con tanto dolor, con tanto arrepentimiento? Yasha, ahora en la distancia, contemplaba su vida y se dolía de todas sus acciones. Recordaba a Mijaíl Ilich, quien alguna vez le había resultado simpático, y se avergonzaba de las cosas que le había dicho. Pero, sobre todo, Yasha penaba por la madre, porque de algún modo había roto, con su comportamiento, el lazo que lo unía al vientre materno, y lo desesperanzaba la idea de que ese rompimiento no tuviera remedio. Ahora en el Sanatorio, lejos de su hogar y de todo lo que alguna vez había querido y sentido suyo, el chico pedía perdón a los oídos de nadie, en silencio, mirando al cielo a través del cristal de la ventana de la habitación. «Mamá», pensaba, «por favor, regresa. No me dejes aquí, vuelve, llévame contigo. Seré bueno, lo juro, he aprendido la lección». Pero no obtenía otra respuesta que el batir del viento y la lluvia de verano contra la ventana.

El enfermero lo condujo, luego del desayuno, al despacho de la doctora Nikolaeva. Allí esperaba ella, con su rostro serio tras los anteojos pasados de moda. El chico entró a la estancia y la puerta se cerró a sus espaldas. Quedaron solos él y la doctora. La Nikolaeva se ajustó los anteojos y le señaló a Yasha una silla frente a su buró. Él tomó asiento y la voz de la doctora, como esperando esta señal para activarse, resonó juvenil entre las paredes estrechas del despacho.

—Veo que has hecho amigos, aunque probablemente no los más adecuados.

Yasha supo que se refería a Danko. No respondió. Dejó que la mujer siguiera su discurso, probablemente ensayado de antemano.

—De todos modos te comprendo… No es que tengas de dónde escoger.

Silencio. La Nikolaeva lo observaba a través del cristal de sus anteojos pasados de moda. Él continuó inmutable.

—En todo caso es bueno que hagas relaciones, aunque quizá podría aconsejarte que fueras más selectivo.

La paciencia de Yasha tenía un límite. Podría haber estado el resto de la mañana escuchando las disertaciones de la Nikolaeva, las que parecían no llegar a ningún sitio, pero prefería no hacerlo.

—¿Qué quiere? —replicó al fin.

La doctora sonrió satisfecha. Había ganado sin dificultad el primer combate. Se puso de pie y caminó por el espacio reducido del despacho. En un momento se detuvo y clavó los ojos, aumentados por el vidrio, sobre el chico.

—¿Qué quiero? Me parece más interesante hacerte la misma pregunta: Yasha, ¿qué quieres tú?

El chico dudó. No entendía a dónde lo llevaba la Nikolaeva, qué pretendía con tantos rodeos y frases esquivas. La doctora mantuvo la vista clavada sobre él, esperando la respuesta. Yasha pensó muy bien antes de responder.

—Irme de aquí.

Esa era precisamente la respuesta que esperaba la Nikolaeva. Sonrió otra vez, apartó los ojos de Yasha y volvió a sentarse del otro lado del buró.

—Exacto. Eso es lo que quieres y en eso estamos de acuerdo. Una persona sana no tiene por qué estar en un hospital, y tú estás sano.

Hizo una pausa, esperando la reacción del chico. Este se turbó, la conversación volvía a enredarlo.

—Hay que admitirlo, Yakov Románovich —la doctora pronunció con afectación el patronímico—: tú no estás enfermo.

Yasha bajó los ojos y aferró los bordes de la silla con las manos. Una pregunta tomó forma en su cerebro.

–Y entonces, ¿qué hago aquí?

La Nikolaeva sonrió por tercera vez. Evidentemente, su táctica funcionaba. Apoyó los codos sobre el buró y entrelazó las manos.

–¿Sabías –comenzó diciendo muy despacio– que tu madre tenía intenciones de abandonar el país?

A Yasha se le removió el suelo bajo sus pies. Sí, lo sabía, pero, ¿a qué venía esa pregunta? ¿Estaba acaso en un interrogatorio policial? La doctora notó su turbación. Separó las manos, pero antes se frotó las palmas mientras suspiraba. Luego miró al chico con condescendencia, que Yasha interpretó como amabilidad impostada.

–¿Sabes, Yasha? –volvió a hablar la Nikolaeva–. Este sitio está lleno de chicos como tú, en tu misma situación.

¿A qué se refería con eso de su «situación»? Yasha frunció el ceño.

–Sí –continuó la doctora–. Un buen número, por no decir la mayoría. Es una pena…

El aire en el despacho se hacía cada vez más denso, irrespirable. Yasha tuvo ganas de salir cuanto antes. La Nikolaeva hablaba despacio y, a cada tanto, observaba el efecto de sus palabras en el rostro del chico.

–Pero, ¡claro! A los padres no los dejan abandonar el país con un menor, a menos que tengan la aprobación de ambos tutores legales. Y entonces, ellos…

Para Yasha todo cayó en su sitio de repente. Pero se negó a reconocerlo. Era imposible. No podían hacerle eso a él. No podía ser cierto. ¿Cómo iba a serlo? Todo eran patrañas, mentiras que se inventaba la Nikolaeva para hacerle confesar algo.

–¿Qué vamos a hacer contigo, Yasha? –la voz de la doctora ya no era el trino juvenil, sino una voz ronca salida de las profundidades–. A tu amigo ya se lo llevarán a otra institución más acorde con su caso. Pero contigo…

Al chico le temblaba todo el cuerpo. Las paredes del despacho se le antojaron más estrechas, el aire cada vez más enrarecido. Los nudillos se le pusieron blancos de tanto apretar los bordes de la silla. Entonces, de golpe, se puso de pie. Le lanzó una mirada desafiante a la Nikolaeva, apoyado sobre el buró. La mujer soportó impasible la mirada, esperando cuál sería el próximo paso. Yasha le dio la espalda, agarró la silla y la lanzó con furia contra un estante. Salió del despacho y corrió sin detenerse ante nada ni nadie.

Yasha corrió por el pasillo hasta la puerta de entrada, que estaba bajo llave. Por ahí la salida estaba bloqueada, así que volvió sobre sus pasos y buscó la puerta lateral, la que daba al patio. Corrió esquivando internos y enfermeros, hasta el muro que separaba el patio del jardín. Solo se detuvo un instante, cuando Natalia Bloj le cortó el paso.

–¿Qué sucede? –preguntó la chica con faz lastimera–. ¿Por qué me eludes?

El chico no respondió. No tenía nada que decir, así que dejó atrás a la pequeña Natalia y continuó corriendo. Sorteó el muro, atravesó en pocos segundos el jardín. Corrió hasta la verja desvencijada, abierta de par en par, y más allá, hasta la carretera. Una vez aquí intentó recordar en qué dirección quedaba la ciudad. A la izquierda, le pareció entrever en su memoria. Sí, el taxi había venido por la izquierda, antes de internarse en el camino que llevaba al portón. Volvió a correr, sin descanso, por el borde de la carretera despoblada. Pasó un camión por su lado, y nada más. El chico no se detuvo ante el ruido de la máquina. Corrió sin frenos entre el asfalto y la tierra, junto a la hilera de abetos que bordeaban la calzada. Corrió durante minutos o durante horas, nunca lo supo. Corrió sin descanso y sin saber hasta dónde lo llevarían sus fuerzas, hasta cuándo sería capaz de resistir. Él sólo podía correr, en dirección a la ciudad, o a dónde creía que estaba la ciudad.

El paisaje era el mismo. No había notado el más mínimo cambio. La carretera serpenteaba aquí y allí, bajaba y subía por un terreno irregular, así que en determinado punto ya no podía ver lo que había quedado atrás, pero tampoco lo que le quedaba más adelante. Solo asfalto en el medio y abetos alrededor. ¿Cuánto habría corrido? ¿Kilómetros quizá? ¿Cuántos? Lo peor era que no recordaba así el camino de ida, aunque en aquella ocasión, en el taxi, con su madre, él había estado demasiado absorto en otros pensamientos para fijarse en el entorno. Y como nada cambiaba en la carretera no podía saber si estaba más cerca o más lejos. Tan sólo podía concebir la sensación de estar en mitad de algo, pero ignorando la posición exacta en la que se hallaba. Corrió aún por un rato. Todavía era de mañana, o eso le parecía. El día era claro y los altos abetos le tapaban el sol, aunque de nada le hubiera servido verlo, pues desconocía en qué sentido le quedaba el norte, si se encontraba corriendo hacia el este o el oeste, o incluso al sur. Así que corrió, sin pensar demasiado en lo que hacía, hasta que le faltó el aliento y tuvo que parar. Le dolía el pecho. Los pulmones se incrustaban contra las costillas y el corazón latía a una velocidad de vértigo. Sintió náuseas. Apenas podía respirar. Con los ojos nublados, buscó casi a tientas un lugar donde sentarse y cayó sin fuerzas sobre un tocón amplio, recién cortado y resinoso.

Toda su vida transcurría como en una pantalla de cine, como proyectada por un haz de luz sobre la pared de la habitación de Maya Rot. Solo que las imágenes se superponían sin orden lógico, formando un caleidoscopio deforme al compás de los latidos de su corazón. Natalia Bloj junto al muro del jardín, el patio lleno de internos, el pasillo, la puerta de la calle cerrada, el despacho de la doctora Nikolaeva, los anteojos pasados de moda, el «Aristócrata», el comedor, Maya Rot y otra vez Natalia, la habitación, la sábana húmeda, filminas, el beso de Maya, Natalia Bloj junto a la puerta, Danko atado a su cama, la enfermera Natalia Ivanovna, el salón, los visitantes, la doctora Nikolaeva, Danko Shegal exhibiendo su colgajo, el almuerzo, un trago de alcohol, otra vez la enfermera, el salón, el regazo de Natalia Bloj, el *cassette* de Akvarium, el laberinto de setos, Maya Rot, Pasha Andréevich sangrando en la enfermería, los «varegos», el patio, los enfermeros, Danko, exámenes y más exámenes, la verja, el despacho de la doctora Nikolaeva, la enfermera Natalia Ivanovna, la habitación, Pasha Andréevich roncando, la enfermería, el taxi, la verja, su madre, su madre otra vez, el pequeño apartamento de la Sadóvaya, Mijaíl Ilich, las noticias en el televisor, nieve, un vagabundo despeinado con aroma a tabaco, los pequeños caballitos de vidrio sobre el mueble de la sala. Abetos, más abetos, la carretera que serpenteaba, que bajaba y subía una y otra vez.

La cabeza le daba vueltas. Le dolían los ojos. Aún no lograba regular el aire en los pulmones y el corazón seguía latiendo fuera de sí. Su mente era un muro donde se proyectaban demasiadas imágenes, como si la mano que agitaba la manivela del proyector se hubiera vuelto loca, moviéndose a mil revoluciones por segundo. Demasiados recuerdos, demasiados rostros que lo observaban con severidad. La luz del sol penetraba por entre las ramas altas de los abetos, pero él sentía que se asfixiaba. Se sentía en el fondo de la piscina escolar, un fondo al que apenas llegaba la luz del sol. Luchó un poco contra la asfixia, trató de subir la nariz, de alcanzar la superficie del agua y tomar el aire, pero el oxígeno no le alcanzaba, no lograba aprehenderlo. En lugar de aire sentía que respiraba el agua enrarecida del fondo de la piscina, un suelo azul que reflejaba los pocos rayos del sol, los haces de luz proyectados sobre sus ojos como diminutas esporas de una planta acuática. Entonces se dio por vencido. Dejó de resistirse a la asfixia. El corazón se calmó y él cayó desmayado sobre el lecho del bosque. Algunas hojas mustias crujieron bajo su espalda.

Tuvo un sueño apacible. La madre le acariciaba los rizos, su cabeza sobre el regazo de ella. Estaban sentados sobre el sofá de la sala, en el pequeño apartamento de la Sadóvaya, Mijaíl Ilich sentado junto a ellos, mirando tranquilamente una emisión de *El niño con estrella*. El aire era cálido dentro del apartamento y olía a panecillos recién horneados. La luz penetraba calma por entre las cortinas de la puerta del balcón y llenaba la sala. De repente tocaban a la puerta. De un brinco Yasha estaba en el recibidor, haciendo girar el picaporte. En el umbral, un desconocido con el pelo enmarañado y aroma a tabaco y alcohol pedía permiso para entrar.

A partir de ese momento, el sueño cambiaba de ritmo. Yasha estaba solo en una habitación en penumbras y se empeñaba, sin conseguirlo, en cerrar todas las puertas y ventanas. Pero estas no se dejaban cerrar, o volvían a abrirse de golpe, mientras el chico corría de un lado a otro, empujando las hojas de madera y cristal. Afuera, una voz con aliento a tabaco clamaba, rugía, gritaba a voz de cuello. «¡No!», respondía Yasha a los gritos, «¡Tú no eres mi padre! ¡Yo no tengo padre y nunca lo he tenido!». Entonces la voz cesaba y en su lugar dejaba escuchar un llanto de mujer desde el fondo de alguna habitación. El chico se lanzaba a correr en pos de los sollozos, pero cada vez que creía estar cerca del lugar del cual salía el llanto, este se alejaba, comenzaba a escucharse desde otro sitio. Yasha volvía a correr, una y otra vez, desesperado. Pero nunca alcanzaba al origen del llanto y en su carrera sólo daba vueltas y más vueltas por un laberinto de abetos impenetrables que parecían danzar en zigzag, subiendo y bajando, cerrando el paso a la luz.

Yasha sintió unos brazos robustos que lo alzaban en vilo. Entreabrió los ojos y vio a «Hércules», el enfermero, acompañado del «Aristócrata». El chico no supo cuánto tiempo había estado sin sentido. Tampoco supo cuánto tiempo «Hércules» lo tuvo cargado, antes de depositarlo en una camilla en la enfermería.

Sintió el pinchazo de la aguja, precedido de un olor profundo a alcohol. El cuerpo dejó de dolerle y las imágenes se replegaron para dejar lugar a una sola: la de la lámpara iridiscente de la enfermería. Escuchó voces: la de la enfermera del dispensario y la de la Nikolaeva, pero no tuvo fuerzas para mover el rostro. No se sentía paralizado, tan sólo en un sopor cálido y calmo, una pereza que postergaba cualquier urgencia. De algún modo se estaba bien así, anestesiado totalmente, acunado por la luz blanquísima de la lámpara. Las voces conversaban casi en susurros. De lo que decían, Yasha pudo entender algo relacionado con su exabrupto en el despacho de la Nikolaeva y también escuchó mencionar el «pabellón Pávlov».

La camilla se movía. Pronto dejó atrás la luz iridiscente y se internó en la penumbra del pasillo. Salió al patio. El chico pudo sentir el murmullo de los internos, incluso algunas risas. Yasha intentó mover la cabeza, que quedó en ángulo suficiente para ver el muro. Un enfermero enorme –«Hércules»– lo contemplaba con pena en la distancia. ¿Quién llevaba entonces la camilla si no era «Hércules»? ¿Sería el «Aristócrata»? Yasha hubiera preferido que lo condujera el otro, pero aquel estaba lejos y sólo atinaba a bajar la cabeza a su paso.

La camilla entró al laberinto de setos del jardín trasero. El chico pensó en la tarde que había pasado allí, con Danko, Maya y Natalia Bloj. Recordó cómo había estado tan cerca y tan lejos de estas chicas. ¿Dónde estarían ahora Maya y la pequeña Natasha Bloj? ¿Lo estarían observando desde el patio, o acaso desde las ventanas de su habitación? El aire delataba el aliento de la tarde. Un vientecillo tibio hacía mover las hojas de los setos. De repente, la espesura cesó. Yasha sintió la camilla ascender por una rampa. Se abrió un portón blanco junto a su cabeza, mientras la camilla se adentraba por un pasillo a oscuras. «La perrera de Pávlov», pensó. «Al fin nos conocemos». Escuchó el ruido de la puerta cerrarse. La luz de la tarde quedó presa más allá y sus ojos se sumieron en la total oscuridad del pasillo.

VI.

SOPA DE PASTILLAS

Despertó en una habitación totalmente a oscuras y con olor a humedad. Su primera reacción fue cerrar y abrir nuevamente los ojos, para convencerse de no estar soñando. No recordaba nada del día anterior. Pensó que quizá sería aún de noche, pero, al palpar su entorno, descubrió que no estaba en su habitación, sino en una celda estrecha y acolchonada. Pegó el oído a las paredes. No se escuchaba el menor movimiento del otro lado. Tampoco encontró ninguna rendija por la que se colaran el aire y la luz del exterior. El aire, sin embargo, debía circular por algún sitio. Sin embargo, fuera del persistente olor a humedad, no sintió corriente de aire alguna que le indicara la existencia de un respiradero.

Comenzó a recordar. La consulta en el despacho de la Nikolaeva, la carrera hasta la la verja, la carretera surcada de abetos. Recordó cómo había perdido el sentido y cómo luego lo habían llevado cargado de vuelta al Sanatorio. Recordó la camilla, la luz iridiscente, las voces a su lado, luego el patio, las miradas de los internos, el jardín de setos, la oscuridad. Entonces, definitivamente, estaba en la «perrera». Sintió un frío intenso. Tenía la boca seca, le dolían los párpados y un leve cosquilleo le recorría el cuerpo.

¿Cuánto tiempo había dormido? ¿Era de día o de noche allá afuera? ¿Vendría alguien a verle en algún momento? Demasiadas preguntas. Decidió que debía pensar en algo, ocupar su mente en algo para no debatirse en preguntas. Pero ¿en qué podía o debía pensar? ¿En su casa, en el pequeño apartamento de la Sadóvaya? No, era preferible pensar en algo nuevo, algo que no estuviera marcado por el dolor. ¿Pensar en Maya Rot? Pero la imagen de Maya se le pervertía por razón de Natalia Bloj y del malhadado Danko Shegal —prisionero en su cama— y hasta de Pasha Ransójov, el «simulador». Sin embargo, al final se decidió a pensar efectivamente en la chica, tratando de aislar su recuerdo de todo lo que le recordara al Sanatorio. Reconstruyó en su cabeza la primera vez que la había visto. Ella estaba allí, blanquísima, con su pelo muy largo, sentada en un banco del patio. La vio también tal como había aparecido más tarde, ese mismo día, flotando por las escaleras, llevando en la mano la reproductora con el *Álbum azul* de Akvarium. Y, finalmente, se aferró al recuerdo de la habitación de Maya en penumbras, el proyector lanzando haces de luz contra el empapelado, la mano tan blanca de Maya haciendo girar la manivela, los labios húmedos y tibios de la chica sobre los suyos ásperos y fríos.

Yasha sintió un ruido en algún rincón de la celda y escuchó una voz afuera que le anunciaba la hora de cenar. ¿Qué hora podía ser, entonces? El chico fue tanteando sobre el suelo acolchonado, en dirección al lugar donde había escuchado el sonido. Pronto sintió el contacto de sus dedos con un objeto sólido, plástico. Más allá, la forma redondeada de las vasijas, una que contenía un líquido tibio —«sopa», pensó, «casi fría»— y la otra, un trozo de pan pasado de tiempo. Nada de agua para aliviar su garganta reseca. Olvidó pronto el pan y agarró con ambas manos la escudilla con la sopa. Esta le resultó indiferente, sin gusto alguno. Colocó la escudilla en el mismo lugar y se alejó a gatas hasta el otro extremo de la habitación. Recostó la espalda sobre la pared mullida y regreso a su ensueño.

Le resultaba ya difícil determinar si tenía los ojos abiertos o cerrados, pues no experimentaba —en un caso o en otro— la más mínima diferencia. La sopa le había calmado la sed, aunque el hambre se hiciese más intensa. El frío lo hacía sentirse incómodo, así que buscó la caricia de los muros acolchonados. Tanteó el borde hasta encontrar la esquina donde confluían dos paredes y se acurrucó abrazando su propio cuerpo. No tenía ni pizca de sueño, pero le parecía que mientras más durmiese más rápido se iría el tiempo.

No llegó a dormirse. Otra vez escuchó el ruido de la portezuela y la voz del otro lado anunciando el desayuno. No podía ser. ¿Cuánto tiempo había pasado desde la sopa? ¿Había estado cavilando tanto tiempo o, sin darse cuenta, se había quedado dormido? Volvió a reptar hacia el sitio del cual provenía el sonido. Esta vez la bandeja contenía una jarra de té con leche –frío– y un pastelillo rancio. Yasha tragó el pastel casi de un bocado y se ayudó con sorbos de té. Se estiró en un bostezo y regresó al rincón.

Esta vez lo despertó el sonido de la portezuela. La voz anunciaba la cena. Al parecer había dormido demasiado y se había perdido el almuerzo. El chico fue hacia la bandeja. Otra vez la sopa y el pan pasado. No tenía hambre, pero se esforzó por ingerirlo todo. Empapó el trozo de pan en la sopa y se lo tragó entero.

Al volver al rincón, sintió escalofríos. Le sobrevino la náusea, pero se contuvo para no vomitar. Tanteaba y tanteaba la pared, mas no conseguía llegar al ángulo. Probó en la dirección contraria y pronto dio con la esquina. Se acurrucó entre las dos paredes y se dejó caer. De repente, sin saber por qué, comenzó a llorar.

No sabía cuánto tiempo habría pasado desde la cena, pero le parecieron siglos. No estaba seguro de haber dormido, pues todo el tiempo estuvo en una especie de vigilia vacía y oscura, como un sueño sin imágenes. El estómago le rugía de hambre y comenzó a desesperar por el sonido de la portezuela. Pero afuera todo era silencio. Cuando al fin la escuchó, la voz anunciaba el almuerzo. Yasha no reaccionó. Ni siquiera se cuestionaba ya si antes del almuerzo debía haber pasado el desayuno. No tenía fuerzas para arrastrarse hasta la bandeja. Ya no quería, ya no le importaban ni el hambre ni el frío, ni la sed, ni el sueño. Solo deseaba estar así, acurrucado en el rincón, sin pensar en nada.

Esta vez no fue la portezuela, sino el sonido de una puerta más grande. Los ojos del chico, ya adaptados a la oscuridad, percibieron una sombra blanquecina que se acercaba hacia él, mucho antes de sentir el pinchazo el hombro y de que unas manos gruesas lo aferraran y lo levantaran en vilo. «Hércules», pensó. Pero no era «Hércules». El enfermero lo cargó fuera de la celda. Yasha sintió un sueño cada vez más profundo. Lo último que supo fue que volvía a estar sobre una camilla, recorriendo un pasillo muy largo y totalmente a oscuras.

¶

Ante sí tenía una inmensa explanada cubierta de nieve. Luego el terreno descendía en declive, con corredores delimitados por barandas como los que suele haber en las estaciones de esquí. Descubrió que no era el único en ese sitio. Miles de personas –ancianos, mujeres y niños– hacían fila en los corredores, apiñados y tensos, como si quisieran llegar los primeros al fondo del declive. Los hombres vestían gabanes demasiado grandes y las barbas les llegaban a la altura del pecho. Las mujeres, enfundadas también en abrigos pasados de moda, tenían cara de no haber dormido en años y apretaban contra sí a los chicuelos, quienes las observaban sin entender qué sucedía. Se escuchó un disparo y todo el mundo comenzó a correr por la nieve, cuesta abajo. Los pies se les hundían en el terreno hasta las rodillas. En la parte más baja, la nieve se iba volviendo escarcha y en algunos sitios se mezclaba con el fango. Luego el terreno volvía a subir y aquí la nieve era más espesa. La muchedumbre subía penosamente la cuesta. A cada tanto, alguien desenterraba algún objeto. Yasha sacó una escafandra de cosmonauta de debajo de un bulto de nieve. Vio su rostro reflejado en el cristal de la visera, pero su rostro ya no era el suyo, sino el de alguien mayor, enjuto y ojeroso, sin afeitar y con el pelo enmarañado. El chico dio un grito y dejó caer la escafandra sobre la nieve.

Ahora la explanada se veía interrumpida por una edificación enorme, como una fábrica con varias chimeneas de las que brotaba un humo blanco. Yasha no quería acercarse a este edificio, pero la turba lo empujaba cada vez más cerca de los muros rojizos. El interior no era el de una fábrica, sino algo parecido al pabellón de un hospital, con camas metálicas esmaltadas de blanco, alineadas a ambos lados de un pasillo central bajo unos ventanales altos por los cuales no entraba luz apenas. El suelo del pabellón era de losas blancas y negras, que en algunos lugares parecían manchadas de sangre. Las camas estaban vacías y dispuestas. Pero junto a él no había nadie más. Los otros se habían desvanecido y un silencio de hospital vacío reinaba en la sala. Yasha se aproximó a un ventanal, que ahora parecía más bien un espejo. Se vio a sí mismo, esta vez muy joven, de once años, con su pantalón azul oscuro, su camisa blanca y su pañoleta color sangre.

Lo que primero fue una ventana y luego espejo ahora era una puerta que se abría a un patio cementado. Un muro altísimo y ocre rodeaba el patio y, sobre el muro, se alzaba una alambrada de un metro por encima de la piedra. Ya no había vuelta atrás, pero era imposible seguir hacia adelante. Sin embargo, la necesidad de salir de allí, so pena de algo terrible que se escondía entre los muros, más que una necesidad era una urgencia que pulsaba los músculos del chico. Había que alejarse corriendo de ese lugar, escalar los muros, aunque se enredara y su cuerpo fuera descuartizado por la alambrada. Yasha se acercó al muro y lo encontró intangible: estaba y no estaba allí, parecía acercarse y alejarse al mismo tiempo. Las manos le dolían al intentar arañar la piedra, pero, al mirarlas, vio que la piel estaba intacta. Había llegado al final, un final sin salida, y comenzaba a desesperarse. Un temor profundo fue recorriéndole las entrañas. El temor pronto se convertiría en una sombra que le helaba la nuca, como una jauría que aullaba a sus espaldas. Y el muro no disminuía, sino que parecía crecer ante sus ojos y se hacía cada vez más impenetrable.

Las sombras ya estaban ahí. Podía sentir el sabor de la sangre en sus fauces negras, llenas de una baba espesa. Las sombras ya le mordían los talones, ya le echaban su aliento en la nuca. Y el muro y la alambrada seguían allí, inmóviles.

Entonces despertó.

¶

Estaba en su habitación del Sanatorio, sobre la cama. Desde la cama de al lado, Pasha Ransójov lo observaba como si hubiera estado velándole el sueño.

—¡Al fin despiertas!

Yasha tardó unos segundos en adaptarse a la luz. Sentía la cabeza en ebullición, como un enjambre de avispas. Pero no le dolía. Más bien la sentía como una nube esponjosa que no paraba de girar.

—¿Qué hora es?

—Aún es temprano —lo calmó el «simulador»—. Todavía no han llamado al desayuno.

—¿He dormido mucho?

—Desde ayer por la tarde. Te trajeron después de la merienda. Desde entonces has estado ahí, sin abrir los ojos, meneándote en sueños.

A Yasha una idea se le hacía irresistible. En los últimos días había perdido por completo la noción del tiempo, aunque le parecía que no había pasado mucho desde que ingresara a la «perrera».

—¿Qué día es hoy?

—Jueves —fue la respuesta del «simulador»—. Te llevaron a la «perrera» el lunes por la noche y ayer te regresaron aquí.

—¿Has visto a Maya? ¿Sabe que estoy aquí?

El «simulador» hizo silencio y bajó la cabeza. Por algún motivo parecía haber esperado esa pregunta y no quería o no podía responderla.

—Yasha... Maya está ahora en la enfermería...

Yasha abrió los ojos desmesuradamente.

—¿La enfermería?

—Sí —respondió Pasha—. Al parecer intentó suicidarse... Fue el martes en la noche, después de la cena. Estábamos en el salón, ella y yo. Como tú y Danko no estaban me buscó para que le hiciese compañía. Maya estaba nerviosa y no dejaba de tragarse esas pastillas...

—¿Qué pastillas?

—Las que nos dan a diario. Yasha, parece que ella no se las tomaba, pero anoche...

Yasha meditó un instante. De repente se acordó de la otra chica, en la que apenas había pensado.

—¿Y Natalia Bloj? —preguntó.

El «simulador» le devolvió una mirada indescifrable.

—¿Natasha? Se ha marchado. Ayer por la mañana. Vino a buscarla una tía o algo así...

¶

Yasha hubiera querido ir corriendo a la enfermería a ver a Maya, pero le advirtieron que esto no sería posible hasta después del desayuno. Impaciente, se dirigió al comedor. Por el camino, Pasha le iba informando, muy a su pesar, de los detalles más escabrosos de la noche del martes.

—Se tragó una a una las pastillas —decía el «simulador»—, conté alrededor de veinte —Entonces hizo una pausa y exclamó azorado—:

¡Se le empezaron a poner morados los labios y las uñas! ¡Y estaba tan pálida, y con los ojos perdidos!

Yasha sólo movía la cabeza una y otra vez. El relato del «simulador» lo angustiaba, pero al tiempo no podía dejar de escuchar una y otra vez la narración. «Si solamente hubiese estado allí», pensaba, «quizá todo habría sido diferente».

Al llegar al comedor, tuvo conocimiento de que, durante su estancia en la «perrera», la partida de Natalia Bloj y el intento de suicidio de Maya no habían sido los únicos acontecimientos relevantes. También la semana se había visto trastocada por la aparición de un nuevo interno, un chico armenio de nombre Serguéi Bagramian, que rápidamente había agrupado en torno suyo a varios pacientes. Allí estaba, en una mesa en medio del comedor, rodeado de otros chicos, casi todos armenios. Estos no dejaban de observar boquiabiertos al nuevo interno, que parecía contar alguna anécdota increíble. Yasha notó que no sólo eran sus compañeros de mesa los que le prestaban profunda atención al chico, sino que también varias de las chicas lo miraban con una mezcla de curiosidad y admiración. El armenio era pequeño y moreno, con la nariz torcida y no precisamente agraciado, aunque, eso sí, era dueño de unos ojos hipnóticos que parecían atravesar las paredes.

Cuando terminó el desayuno, el armenio pasó con sus adláteres junto a la mesa de Yasha, quien aún no terminaba su confitura. El chico se detuvo junto a la mesa y se quedó mirando a Yasha como si lo reconociese.

—Así que usted es el famoso Yákov Lanski —dijo con su acento fuerte.

Yasha le devolvió la mirada con sorpresa. Asintió humildemente y luego desvió la vista para terminar el plato de confitura. El armenio sonrió, hizo una reverencia un tanto ridícula y continuó su camino.

En la enfermería había ambiente de velorio, y al entrar se atravesaba por una nube de olores anestésicos y antisépticos. Maya estaba sobre una de las camas, despierta pero con la mirada perdida. Al ver a Yasha, pareció iluminarse y enseguida le tendió los brazos torpes y un poco insensibles. Él se dejó abrazar y a su vez rodeó con sus brazos el cuerpo somnoliento. Se sintió de repente como en un sueño repetitivo, en el que se intenta alcanzar algo que nunca llega y el durmiente se aferra al mismo movimiento mecánico e ineficaz hasta que una mano de fuera lo coloca de regreso a la vida cotidiana. Este abrazo duró sólo unos segundos, pues la enfermera se empeñó en interrumpirlo con una tos fingida. La chica apenas sonrió y bajó la cabeza con pena.

Se quedaron un rato contemplándose en silencio. Los ojos de Maya decían todo lo que sus labios no se atrevían a expresar. A pesar de los últimos acontecimientos, Yasha se sintió, por fin, feliz.

—Ya se ha acabado la visita —dijo de pronto la enfermera con semblante severo.

Al chico no le importunó esta interrupción, aunque de buena gana se hubiera quedado para siempre junto a Maya, en medio del ambiente anestésico de la enfermería. Se marchó cabizbajo, pero lleno de energía. Sentía un cosquilleo agradable que convertía las células de su cuerpo en invisibles e intranquilas partículas de luz que corrían en todas direcciones. Al llegar a la puerta volvió la vista atrás. Maya lo miraba con tristeza y él sintió que ya nada podría separarlos.

¶

En el patio todo estaba como siempre. Los internos seguían ocupando sus lugares habituales, bajo la vigilancia de los enfermeros. El único cambio lo proporcionaba el chico nuevo. El armenio, sentado en el sitio que ocupara Maya Rot el día de su arribo, se divertía en contar sus historias increíbles al público congregado a su alrededor. Yasha se acercó, disimuladamente, con la discreción del que pasa «por azar», y se detuvo a distancia prudencial, desde la que escuchaba sin ser advertido. El armenio, con la habilidad de uno de esos narradores populares que sabe cuándo callar y cuándo continuar su relato, en qué momento desviarse de su curso y en cuál introducir un giro de los acontecimientos, contaba a su auditorio una especie de cuento de *Las mil y una noches*, interminable, pero que mantenía a sus oyentes tan enganchados a cada palabra que todos le perdonaban la imprecisión de su lenguaje.

Yasha no tuvo más remedio que acercarse. El armenio, al verlo, sonrío, sin dejar de contar. Todos hacían silencio, pendientes de cada palabra. Cuando terminó la historia, todos emitieron a coro la misma exclamación.

–¡Cuéntanos otra!

–Basta por ahora –dijo el armenio–. Es mejor dejar para después.

El auditorio dudó unos instantes, como cuando el público en la sala de teatro aún espera que los actores vuelvan a salir para un último aplauso. Pero el narrador continuó callado, dándoles a entender que la función de veras había llegado a su fin. Los chicos, atónitos y un tanto decepcionados, se quedaron todavía un rato alrededor del armenio. Luego comenzaron a andar sin rumbo, lentamente, mirando atrás a cada instante. Yasha permaneció en su sitio. No tenía nada mejor que hacer.

–Estimado Yákov Románovich –dijo el armenio con un tono grave, impropio de su edad–, siéntese, por favor.

Yasha se maravilló de la manera en que el pequeñajo se dirigía a él, y también de que conociera tan bien su nombre. Obedeció y fue a sentarse en el espacio del banco que el otro le ofrecía. El armenio se comportaba como uno de esos atamanes del Cáucaso, lo que contrastaba con su edad y su estatura. A Yasha le resultó simpática la manera en que el chico gesticulaba al hablar.

–Sé que usted es hebreo.

–También lo son algunos de esos que acaban de levantarse –contestó Yasha.

–Lo sé –continuó el armenio–. Me gustan los hebreos, aunque yo mismo soy cristiano, de la iglesia de Armenia.

Era raro que alguien, entonces, hiciera una profesión de fe de tal índole a un desconocido, pero el armenio era un personaje *sui generis*. Yasha se preguntó la causa de su ingreso y el otro pareció adivinar este pensamiento.

–Todos estamos aquí por causas ajenas a nuestra voluntad. Usted, por ejemplo, fue traído por sus padres. ¿Me equivoco? –Yasha asintió. Estuvo a punto de precisar que, en su caso, había sido obra exclusiva de la madre, pero el otro lo interrumpió bajando la voz–. Yo, digamos, estoy aquí por circunstancias relacionadas con ciertos negocios privados. Pero mi estancia en este sitio no impide en modo alguno que me siga dedicando a ellos. ¿Comprende usted?

Yasha miró extrañado al pequeño armenio. Su forma de hablar no se correspondía para nada con su aspecto. El chico nunca había entablado conversación con un armenio, por más que en el Sanatorio no faltaran internos de esa etnia. Por otra parte, tal manera de hablar le era impropia, y dudaba al respecto de cómo dirigirse al personaje. El armenio continuó, en voz más baja aún.

–Sepa usted que, incluso en este lugar, o, quizás sobre todo por eso, dispongo de ciertos recursos que pudieran ayudarlo a usted –hizo una pausa, esperando la reacción del chico.

–¿De qué hablas? –Yasha no sabía si tutear al chico o tratarlo de usted.

El armenio sonrió.

–Todos aquí quieren lo mismo. ¿O me equivoco? Pero no basta con quererlo. Hay que sortear demasiadas barreras: la carretera, el bosque, la persecución de los enfermeros.

«Sí», pensó Yasha. «En verdad se refiere a la fuga».

—Digamos que yo puedo solucionar ese problema —continuó el armenio—. Pero para ello tiene que estar preparado a pagar un precio.

Yasha enfurruñó la nariz. ¿Pagar? ¿Para qué? Danko también sabía cómo escapar. Aunque Danko ahora se hallaba atado a su cama. El armenio contemplaba a Yasha con los ojos entrecerrados.

—Piénselo, por favor. Mientras tanto, como muestra de mi buena fe, le ofrezco algo de mi mercancía, sin costo adicional —Sacó algo del bolsillo y lo depositó en la mano de Yasha—. Pruébela y luego nos arreglamos.

Yasha cerró la mano, a instancias del armenio. La «mercancía» resultó ser una píldora, muy semejante a las que le daban cada día. Yasha no sabía qué hacer con ella. El pequeñajo sólo sonreía. Le hizo un gesto con la mano, dándole a entender que ya podía retirarse. Yasha guardó la píldora en el bolsillo y abandonó el asiento.

—Ya nos veremos más tarde —escuchó decir al armenio mientras se alejaba.

Yasha subió, antes del almuerzo, a ver a Danko Shegal. Cuando llegó a la habitación, se sorprendió de que Danko tuviera justamente la misma actitud de la última vez, como si el tiempo no hubiera transcurrido. Era cierto que el chico, atado a su cama de pies y manos, no tenía otra cosa que hacer que mirar la ventana con expresión lastimera, pero, al verlo, Yasha tuvo una sensación de *déjà vu*. «¿Cómo puede soportar estar todo el tiempo así?», pensó. El otro, al verlo, cambió la expresión. Evidentemente se alegraba de la visita, pero al mismo tiempo le recordaba su triste situación.

—Hola —saludó el prisionero con una voz un tanto pegajosa, somnolienta, muy distinta de la acostumbrada en Danko.

Yasha contestó al saludo con timidez. En realidad, ahora que estaba aquí, quería irse de inmediato. Hubiera querido poder darle ánimos a Danko, o, al menos, esperanzas, pero no creía ni en una cosa ni en otra, y, al verlo así, le entraba una desazón que casi lo hacía arrepentirse de haber venido a visitarlo. Yasha no había visto antes a Danko de esta forma, en una especie de estado de inferioridad. Se había acostumbrado al Danko irreverente –que incluso sabía cómo escapar del Sanatorio, aunque nunca lo pusiera en práctica–, que parecía referirse a todo con sarcasmo. Verlo ahora como un ratón atrapado resultaba anacrónico, inconcebible para la imagen que se había hecho de él.

–Danko –se atrevió a decir, por fin–, tu plan de fuga, ¿puedes contármelo?

El otro callaba, limitándose a mirar la ventana. Yasha también hizo silencio, buscando en vano algún comentario que no fuera demasiado pueril.

–No voy a dejarte aquí, Danko –se alegró Yasha de encontrar las palabras–. Solo quiero saber.

El otro sonrió comprensivo, pero no dijo nada. Luego de un rato de silencio, Yasha decidió irse. Era ya casi hora de bajar al comedor y pronto llegaría el enfermero encargado de alimentar a Danko. Cuando estaba a punto de salir, Danko lo llamó. Yasha se volvió y le ofreció al cautivo una mirada inquieta.

–Los armenios –dijo Danko y volvió a mirar la ventana.

§

Luego del almuerzo, a la hora de la siesta, Yasha recordó la píldora que le había dado el armenio. Este lo había estado observando en el comedor y sonreía cada vez que se cruzaban sus miradas, cosa que al chico lo hacía sentir incómodo. Así que, una vez en la habitación, se tanteó el bolsillo y extrajo la pequeña píldora, de color rojo brillante. Intrigado, la observó un rato, dudando qué hacer con ella, mientras jugueteaba con su forma redondeada entre los dedos. Pasha ya roncaba en la cama de al lado. Todo estaba tranquilo y tenía aún una hora antes del recreo. Tragó la píldora de golpe, ayudado por la saliva, y se recostó cuan largo era sobre la cama.

Esperó un rato, mirando al techo, con las manos cruzadas sobre el vientre. Luego volvió el rostro hacia la ventana, hacia la puerta y hacia el «simulador», que seguía roncando en la otra cama. Ningún cambio. «¿Para qué le habré hecho caso a ese mequetrefe?», pensó, «¿Para qué tomar la dichosa píldora?». Aburrido, sacó el libro de debajo del colchón: *Los tres de la plaza de los cañones*. Había leído y releído cientos de veces ese libro ajado y roto, con las páginas pegadas con cinta adhesiva, pero siempre sentía pulsión por regresar a él una y otra vez. Abrió una página al azar y comenzó a leer, como quien no quiere la cosa.

De repente, las letras impresas comenzaron a moverse. Se frotó los ojos, cansados de tanto esforzarlos. En la negrura que se desplegaba ante sus párpados se formaban chispas de colores. Volvió al libro, pero ya no podía leerlo. Las letras se movían, danzaban, se burlaban de él y no se dejaban atrapar. El corazón le latía muy de prisa. Sintió una mezcla de fatiga, náusea, asma y taquicardia. La frente le chorreaba sudor. Se puso de pie, caminó hasta la puerta y pegó el oído al cristal nevado. A través del cristal sentía un redoble de tambor que hacía eco a sus propios latidos. Caminó hasta la ventana y, sin saber por qué razón, comenzó a dar brincos alrededor de la cama del «simulador». «A que no te despiertas ahora», dijo para sí, refiriéndose al durmiente. Miró a través del cristal de la ventana, pero la luz del sol le hirió la pupila, y de un brincó se apartó de la claridad, como ante una llamarada. Transpiraba. Quiso gritar, pero tenía la lengua dormida. El corazón le seguía latiendo con mucha fuerza. Sintió mareos y se volvió a acostar sobre la cama, esta vez boca abajo. Daba cabezazos contra la almohada. «¿Para qué tomar la dichosa píldora?», repitió varias veces para sí.

Con los ojos cerrados, veía todo con la misma claridad que si los tuviera abiertos, aunque los colores eran más brillantes, casi chillones. Su mente era un circo en el que las ideas trepaban, hacían malabares, actos de prestidigitación, cabalgaban elefantes de ideas, metían su cabeza en las fauces de leones de ideas, hacían payasadas con flores de ideas que chorreaban lágrimas de ideas; todo en un ambiente festivo y fantástico, onírico, colorido y casi cegador. Una idea presentaba a todas las demás, una que hablaba con voz de Danko Shegal. En un momento, la idea-Danko pidió silencio, redoblaron los tambores de ideas ocultas tras el telón y, de algún sitio de la carpa, apareció un caballo blanquísimo con una amazona de pie sobre la grupa. La amazona tenía un vestido muy corto, de un blanco brillante y algo transparente. El pelo negro lo llevaba recogido en un moño redondo en lo alto de la cabeza. Su rostro, melancólico y de una palidez extraterrena, era el de Maya Rot.

Yasha abrió los ojos. En susurros comenzó a hablar con Maya, acostada a su lado. Le decía todo lo que siempre había querido decirle a una chica, aunque él mismo no escuchaba sus palabras y tampoco tenía idea clara de lo que decía. Y Maya le respondía –y él tampoco escuchaba– lo que él siempre había querido escuchar. La cabeza sobre la almohada, su rostro de frente al rostro de ella, casi podía sentir su aliento, su respiración. Él era todo para Maya y Maya era todo para él, en este sitio, en este instante. No había nada más.

Entonces se daba la vuelta, miraba al techo. ¿Qué estaba haciendo? Maya no estaba aquí y él lo sabía. Se levantaba, se sentaba al borde de la cama, de espaldas al «simulador». Comenzaba a hablar con Danko, sentado al lado suyo, liberado de los amarres. Hablaban y hablaban de mil cosas, con palabras inaudibles, inextricables. Luego bajaba la cabeza. Danko tampoco estaba allí. Así, una y otra vez.

Al final se cansó de dar vueltas. Volvió a acostarse bocabajo. Agotado, con la cabeza aún dándole vueltas, pero ya más despacio, como un carrusel que pierde fuerzas, se durmió. El sueño era como la vigilia, pero esta vez ya no era el circo multicolor, sino algo más opaco y blanquecino, de formas abstractas que lentamente giraban y explotaban como fuegos de artificio en una película vieja que se va volviendo cada vez más luz.

¶

Lo despertó la voz del «simulador», que le anunciaba la hora de la merienda. Yasha abrió los ojos y, por un momento, no supo si ya estaba despierto o esta era apenas otra fase del «sueño». Se dejó llevar. Si aún estaba soñando ya despertaría y, en caso contrario, no había nada que hacer. Se puso de pie. La puerta ya estaba abierta. Bajó las escaleras rumbo al comedor, acompañado de Pasha, que le servía de algún modo de lazarillo.

La cabeza aún le daba vueltas y tenía una rara sensación en el estómago, que se le comunicaba con el espinazo, la médula y el cerebro. Era una sensación incómoda, aunque no del todo desagradable. Sintió ganas de ir corriendo a ver a Maya, sobrecogido por una lubricidad que nunca antes había experimentado. Deseaba saciar con la chica esa ansia que se había apoderado de él. Estaba inquieto y hambriento. Una vez en el comedor, merendó con fruición y con prisa, y luego salió disparado hacia la enfermería.

Maya estaba sola. La enfermera había salido. Yasha avanzó hasta la cama donde la chica descansaba, aún medio aturdida. El cuerpo blanquísimo reposaba, blando, sobre la cama de metal esmaltado. El chico pensó que, si la besaba, se rompería el encantamiento que la mantenía así, entre dos mundos. Así que reprimió el deseo de tocarla, sólo por conservar un rato aquella imagen sutil que tanto lo fascinaba.

El cuerpo de la chica emitía, en esa posición, una especie de resplandor fantasmagórico. La piel resplandecía, como si el cuerpo estuviera envuelto en un aura perceptible, o como si realmente no estuviera allí, como si fuera sólo el eco de su cuerpo, sustituido por ese brillo. Yasha se dio cuenta entonces de que, por más que la visión le resultaba muy real, no podía serlo, sino que aún estaba bajo los efectos de la píldora. Se había creído ya a salvo de ella. Había creído con vana esperanza que el sueño había mitigado toda reacción al fármaco, pero no era cierto. Recordó cómo había visto a Maya junto a sí, en su habitación, cómo había hablado con ella sin que en verdad la chica estuviese presente, y creyó que quizá esta vez podía sucederle lo mismo. Podía ser que Maya no estuviese ciertamente sobre la cama esmaltada, o que él mismo, creyendo haber entrado a la enfermería, en realidad se hallase en otro sitio. Así que se pellizcó y, en un acto poco meditado, también pellizcó a la chica.

Ella despertó de un brinco. Aún resplandecía, como antes, sólo que ahora el brillo cobraba un matiz diferente, más vivo. Sonrió al ver a Yasha, con esa misma sonrisa somnolienta con que lo había abrazado la vez anterior. Él se sentó en el borde de la cama. Un repentino pudor le impedía acercarse demasiado. Temía que la chica lo abrazara y, al sentir su excitación, incluso la turgencia de cierta parte de su cuerpo, se asustase. Así que se mantuvo un poco apartado, evitando el roce, aun cuando se moría de ganas de tocarla. Ella, por su parte, se extrañó de este comportamiento e hizo ademán de asomarse a la puerta, por si veía venir a la enfermera. Al hacerlo, apoyó sin querer la mano sobre la pierna de Yasha. Esto fue demasiado para él.

Se abalanzó sobre Maya con un frenesí que ella no supo corresponder al principio, pero que luego fue encendiendo en ella la misma ansiedad con que él la asaltaba. La besó como un pez que boquea fuera del agua y la abrazó como un náufrago a la tabla solitaria en medio del océano. Ella le devolvió los besos y el abrazo, como si su cuerpo despertara por fin de un prolongado letargo y se entregase con toda la energía acumulada. El roce, lejos de saciarlos, provocaba más esa hambre de la carne recién descubierta. En un instante él estuvo sobre ella, en la cama esmaltada de blanco de la enfermería.

Eran dos animales jóvenes. Él la besaba y ella lo recibía. Él palpaba con pudor sus formas y ella se dejaba tocar como una flor se entrega a la abeja que liba en ella. Yasha, con un atrevimiento que sólo podía permitir la inercia, comenzó a bajar la mano desde el cuello de Maya, por encima de los pechos y por el vientre hasta el pubis. Su mano tenía vida propia. Palpó la entrepierna de la chica y, de súbito, se metió por debajo de la tela. Allí encontró formas y texturas jamás imaginadas y una humedad que lo hizo darse cuenta de repente de sus actos. Quiso retirar la mano, pero Maya lo contuvo, le agarró la muñeca y devolvió los dedos del chico a la zona húmeda. En ese momento entró la enfermera y profirió un gritó que separó a los chicos de un tirón. Yasha cayó contra un rincón, con estrépito. Sin esperar un nuevo grito de la enfermera se escabulló entre camas y mesillas hasta la puerta.

¶

Yasha salió al patio. El cuerpo le temblaba aún. Por la cabeza le pasaban mil imágenes y a flor de piel llevaba una mezcla de demasiadas sensaciones. La luz del sol lo molestaba sobremanera y no lo dejaba ver con claridad. Andaba dando tumbos cuando sintió una mano fría y húmeda que le agarraba el brazo y lo conducía a un rincón. Entrecerró los ojos para intentar ver quién lo llevaba. Ante sí tenía a un interno muy moreno y de baja estatura, como una mancha en medio de la luz: era el armenio.

—Veo que no ha perdido el tiempo —dijo con su manera peculiar de hablar.

Yasha se turbó. No sabía de qué hablaba el armenio. El otro notó su turbación y lo tranquilizó.

—Venga, venga por aquí. No es nada, ya se le pasará.

Por más que se esforzaba, Yasha no lograba comprender las palabras del pequeñajo, como si este hablara en su lengua natal o si —porque las palabras las entendía— simplemente dijera cosas al azar sin sentido alguno. El armenio sonrió ante los ojos abiertos y un poco perdidos de Yasha.

—Venga, siéntese. Es normal estar un poco desorientado al principio.

Poco a poco una noción fue surgiendo en el cerebro de Yasha. Evidentemente el otro se refería a su estado actual, provocado por la píldora.

—¿Qué me ha dado usted? —balbuceó imitando el tono en el que hablaba el armenio.

El chico trigueño y con expresión misteriosa lo miró serio. Aún no le había soltado el brazo y no lo hizo hasta lograr que Yasha tomara asiento en el banco. Luego, sentándose él también, hizo una pausa y comenzó a hablar.

—Es lo que toman algunos aquí. Pensé que podría agradarle.

—¡Es horrible! —dijo Yasha levantando los brazos y cubriéndose la cara con las manos.

—Ya, ya —lo calmó el otro—. Quizá me he equivocado con usted —Escudriñó a Yasha un momento—. Pero no. Creo que no me he equivocado.

A Yasha todo se le hacía muy raro. No acababa de entender las intenciones del otro. El armenio seguía mirándolo con detenimiento, como si con sus grandes ojos negros pudiera atravesar las células e ir directamente al meollo.

—Le diré por qué pienso que no me he equivocado —dijo de pronto—. De no haberlo querido, usted no habría tomado esa píldora. Pero lo ha hecho, ¡y muy pronto!

—¿Y qué? —exclamó Yasha ya un poco molesto.

El armenio sonrió.

—He querido hacer una pequeña prueba. Necesito aliados en este lugar.

—¡Pero si hace un rato estaba usted rodeado de gente!

—Sí —admitió el armenio con tristeza—, pero no valen nada. Son unos tontos, aunque provechosos.

—¿Y por qué yo?

—Ya se lo he dicho, me agradan los hebreos.

—¡Los otros también eran…!

Una pausa. Silencio. Al armenio esta exclamación pareció hacerlo pensar.

—Hay algo distinto en usted. Y el hecho de que haya reaccionado diferente lo prueba.

—¿Reaccionado?

—Sí, a la píldora.

—¿Hizo esto mismo con los otros?

El armenio asintió. Había algo de tristeza en su expresión.

—Lo han hecho. Y ahora quieren más, lo cual es bueno. Pero la mercancía se acaba… Por otra parte, pensé que me divertiría con ellos —aquí cambió su expresión a un franco desprecio—. Solo quieren más. ¡Qué sanguijuelas!

—¿Y qué quiere de mí? —preguntó Yasha tratando de poner su mente en orden.

La expresión del armenio volvió a cambiar. Otra vez la mirada triste, de perro viejo.

—Su amistad… ¡Es tan terrible estar solo en este sitio!

¶

A Yasha la cabeza le daba vueltas. Aún le duraba el efecto de la píldora y ahora además sentía náuseas y escalofríos. Para colmo, estuvo a punto de vomitar la sopa y las gachas a la hora de la cena. Solo se contuvo pensando en el espectáculo que armaría. Además, las experiencias de los últimos días le provocaban sentimientos encontrados. Por una parte, habían hecho renacer en él el deseo de escapar, pero, por la otra, sólo quería estar con Maya y se rehusaba a dejarla atrás. Por si fuera poco, ahora estaba el armenio, que lo confundía con sus modales de adulto y con su declaración de amistad. «¡Que se lo lleve el diablo!», pensó mientras esforzaba una sonrisa dirigida al pequeñajo, que se había sentado en su mesa.

Había alguna intención oculta en la actitud del armenio, algo que Yasha ni siquiera podía imaginar. Le resultaba muy difícil creer en su «necesidad de amigos» y en su declarado afecto por los hebreos. Algo escondía, sin dudas, y sólo esperaba el momento propicio para atacar. «No se puede confiar en nadie en este sitio», le había dicho el «simulador». Él mismo había probado sus palabras, pues sin lugar a dudas había sido el «simulador» quien había dado el chivatazo la noche en que se habían quedado en el salón. Si Yasha no se lo había echado en cara hasta el momento era porque consideraba a Pasha como un ser pusilánime, con quien no valía la pena tomar represalias. Además, ahora, con Danko recluido y Maya en la enfermería, no había elección posible.

Así que terminó de tragar la sopa y las gachas con asco y apuró un vaso de agua para contener la comida. Luego, sin despedirse siquiera de sus compañeros de mesa, fue en dirección de la enfermería. Le daba un poco de vergüenza volver allí, sobre todo por encontrarse de nuevo con la enfermera, pero no podía resistir el impulso de ver a Maya antes de dormir. Ahora sólo pensaba en ella, sólo quería estar a su lado. La enfermera iba saliendo. Yasha apareció justo cuando ella cerraba la puerta con llave.

—¿Qué quieres? —preguntó la mujer alzando la nariz.

—Ver a la enferma —respondió el chico con la cabeza gacha.

—Ya no puede recibir visitas.

Yasha volvió sobre sus pasos, apesadumbrado. Le resultaba terrible no poder ver a Maya hasta el día siguiente. La noche aún era larga. Ya había avanzado unos pasos cuando escuchó otra vez la voz de la enfermera, dirigiéndose a él como al azar.

–Hemos avisado a sus padres. Mañana vendrán a buscarla.

El chico sintió un salto en el estómago. De repente algo le apretaba el vientre y no lo dejaba respirar. Comenzó a andar en zigzag, dando tumbos contra las paredes. La sopa de col y las gachas se le agolparon en la boca del estómago y se lanzó a correr escaleras arriba.

Llegó al baño de su piso. Se inclinó contra el lavabo con intención de vomitar, pero no lo logró. Sin embargo, sentía que la comida se le había atorado en el vientre, justo debajo del plexo solar, y le dificultaba la respiración. Extendió los brazos, tratando de coger aire, y comenzó a girar en círculos sobre el mismo punto. Entonces el «simulador» entró al cuarto de baño. Yasha interrumpió sus giros. El otro se le quedó mirando un instante y se introdujo en el urinario. Yasha esperó a que se marchara para renovar sus giros. Intentaba provocarse el vómito. La cabeza seguía dándole vueltas y su cuerpo giraba tratando de igualar el movimiento.

Se inclinó otra vez sobre el lavabo. Soltó un escupitajo con un lejano gusto a vómito, pero nada más. Fue hasta el escusado y se inclinó sobre la taza. El olor era penetrante y nauseabundo. Yasha se presionó el vientre y forzó otra vez el vómito. Expulsó un líquido blanquecino e inocuo. Volvió a intentarlo. Le dolía la boca del estómago con cada intento, como si el interior quisiera volcarse fuera sin lograrlo. Escupió un pequeño vómito, aún insuficiente. Todo el cuerpo le temblaba. El olor a desperdicios se duplicó. Otro vómito, esta vez más abundante. Otro y ya no pudo detenerse. Todo el interior se volcaba sobre la taza blanca. Ya no tenía control sobre su cuerpo. El vómito lo dominaba y controlaba sus músculos. Sobre la losa fue creciendo un charco espeso, como si sus entrañas se licuaran y brotaran al fin, fuera del cuerpo.

VII.

November Charlie

Yasha apenas pudo dormir en toda la noche. Lo atormentaba la idea de que fueran a llevarse a Maya y, además, todavía podía sentir algo del efecto de la píldora que le había dado el armenio. Daba vueltas en la cama. El cuerpo le resultaba ajeno y el corazón le latía de modo desesperado. Y, para colmo, cuando se quedaba dormido tenía unos sueños extraños que lo hacían despertarse con mayor ansiedad. Cuando los primeros rayos del sol se asomaron por la ventana, el chico respiró aliviado. Estaba exhausto, pero al menos había pasado la noche.

Miríadas de pensamientos oscuros se agolpaban en su sien mientras bajaba al comedor, a la hora del desayuno. No tenía hambre y aún sentía náuseas. Pero necesitaba pensar, necesitaba tiempo para pensar y también necesitaba aparentar estar en calma. Que nadie se percatase de su nerviosismo. ¿A quién podría recurrir? Danko continuaba atado a su cama, sedado como un caballo que espera el sacrificio. Pasha era un pusilánime que ya una vez lo había traicionado. ¿Podría acaso contar con el nuevo, con el armenio? A pesar de todas sus declaraciones, a Yasha le costaba trabajo confiar en el pequeñajo misterioso.

En verdad no sabía qué hacer. En el comedor trataba de no llamar la atención, pero no podía evitar observar todas las caras con ansiedad, buscando alguna respuesta a sus inquietudes. Sin darse cuenta, no dejaba de repiquetear sobre la mesa. A pesar de sus intentos por ocultar la ansiedad, el armenio, sin dudas, se dio cuenta de que algo lo perturbaba, porque estuvo todo el tiempo del desayuno observándolo en silencio. Al salir del comedor, se acercó a Yasha.

—Estimado Yakov Románovich.

—¡Ahora no tengo tiempo! —respondió Yasha. Luego, al darse cuenta de que había sido descortés, le lanzó una mirada lastimera al otro, pero sin hablar, y fue corriendo a la enfermería.

La puerta estaba cerrada con cerrojo. Yasha se asomó al cristal nevado, por si lograba ver algo de movimiento, pero el interior parecía vacío. ¿Se la habrían llevado ya? El corazón le dio un brinco. Sin dejarse abatir, decidió subir al piso de las chicas.

¶

Todo el dolor que alguna vez había sentido a causa de la madre, todo el rencor por lo que él había reconocido como abandono, se diluía ahora en la distancia. Y tan sólo quería regresar a aquel abrazo tibio, a esa seguridad que le proporcionaba su hogar. Añoraba todo aquello, pero no sabía cómo regresar.

En verdad nunca le había gustado estar fuera de casa. Y, por «casa», quería decir únicamente su madre. Cuando estaba lejos del hogar, con ella, no se sentía extraño. En cambio, cuando su madre se hallaba lejos, no hallaba consuelo entre las paredes del apartamento. Entonces se encerraba en su habitación a esperar el regreso de la madre y una desazón inconsolable se apoderaba de él cuando, llegada la hora de su regreso, ella se retrasaba. Cruzaban por la mente del chico los pensamientos más oscuros y se ponía a llorar debajo de la almohada. Lo mismo cuando estaba en el colegio y ella no aparecía a buscarlo a la hora. Miraba por la ventana, mientras el cielo se iba ennegreciendo, y su alma se agitaba y se marchitaba poco a poco.

Tampoco se sentía cómodo cuando el padre lo llevaba a algún sitio. Si bien en años posteriores, cuando ya no tenía esperanzas de volver a ver al padre, sentía su ausencia y lo añoraba más que a nada en el mundo, con anterioridad el chico no soportaba andar solo con su padre, lejos de la madre. Su madre era su único hogar. Su abrazo era el único que podía darle paz en este mundo.

¶

Para alivio de Yasha, Maya estaba en su cuarto. Iba vestida como el día de su llegada, y estaba sentada, aún con aire somnoliento, en el borde de la cama. Al ver llegar al chico, su rostro se iluminó por un instante, mas luego adquirió una expresión melancólica. Él se sentó a su lado, sin hablar. Ambos estaban intranquilos. Yasha le tomó la mano y la apretó con fuerza. Entonces ella se le echó encima, con los brazos blancos y temblorosos alrededor del cuello. Los pechos de Maya se agitaban trémolos, Yasha podía sentirlos a través de la ropa. Podía imaginar el calor de su cuerpo. Y, precisamente, esa cercanía y esa calidez lo amedrentaban. Fue ella quien tomó la iniciativa. Se lanzó sobre él, agarró las manos del chico y las hizo rodar por su cuerpo; las puso sobre sus pechos, sobre su vientre; las hizo abrir sus piernas con una fuerza y una destreza que Yasha no hubiera tenido; y fue ella, al fin, quien comenzó a desnudarlo y a hacer que él la desnudase.

Estaban ya sobre la cama. La luz entraba por las ventanas como un oleaje, entre las sombras de los nubarrones matutinos. Afuera, en el pasillo, todo era silencio. No había nadie más en el piso y sólo se escuchaban voces lejanas, provenientes del patio. Yasha estaba bocarriba, se podía decir que totalmente dominado por la chica. Ella lo besaba, lo mordía, acariciaba sus mejillas, su mentón y su cuello con los labios y con el largo pelo negro. El pubis de la chica le presionaba el sexo. Yasha sintió su sexo endurecerse. Ella también sintió esa turgencia y rápidamente la sacó de su escondite. Se recogió la falda e hizo a un lado la ropa interior, y con un movimiento decidido introdujo el sexo del chico entre sus piernas. Yasha sintió como si la piel se rasgara, un jalón seco y doloroso. Ella ahogó un grito. Pero él ya estaba dentro, en una cavidad cálida y tierna. Maya se quedó inmóvil un instante. Luego, lentamente, comenzó a moverse sobre él. Yasha sintió vértigo. Sin embargo, aferró las piernas de la chica, primero para sujetarse y no hundirse demasiado en el colchón, luego para acercarla más. El dolor inicial fue menguando poco a poco, sin desaparecer. Se transformaba por momentos en un dolor imprescindible y sumamente deseado. El interior árido de Maya fue haciéndose también más húmedo, como si un mar hirviendo lo envolviese.

Y era precisamente un mar lo que sentía. Un mar que se agitaba lento, tierno y omnipotente. Un mar cálido y oscuro en el que se sentía bregar, que lo acunaba entre sus húmedos brazos de sal. Maya emitía gemidos entrecortados. Él, a su vez, sentía que, mientras se le iba el resuello, la vida brotaba de su interior y penetraba con fuerza en el cuerpo de la chica. Su propio cuerpo no le pertenecía, se le iba poco a poco. Todo su cuerpo se agitaba por ella y hacia ella. Maya era todo. Él se entregó totalmente y entonces sobrevino otra vez el vértigo. Recordó la primera vez que se vertió de ese modo, pensando en ella. Esta vez fue distinto. Estaba allí, dentro de la chica, y allí se derramó. Fue un derrame doloroso. Se sintió enfermo de repente, sin fuerzas. Justo en ese instante sintió también una presión externa sobre el sexo, como si ella lo apretase. Maya lanzó un pequeño grito ahogado, seguido de un estertor. El cuerpo le temblaba. Desde su posición la vio agitarse, como en un ataque de epilepsia. Y comenzó a llorar. La chica lloraba desconsolada, como un cielo que deja caer al fin la lluvia. Se derrumbó sobre él y lo abrazó. Luego se apartó en silencio. Yasha se quedó mirando el techo. No descansaba, apenas tenía fuerzas para reposar. Entonces Maya se levantó y se puso la ropa. Se sentó en el borde de la cama y lo miró con tristeza. Él hizo acopio de fuerzas y se incorporó sobre la cama. La abrazó y ella rompió a llorar de nuevo. La chica, entonces, lo apartó, cubriéndose la cara con las manos. Yasha no sabía cómo reaccionar. Quiso volver a abrazarla, pero ella se lo impidió de un empujón. Él se vistió apresuradamente y salió del cuarto.

§

Yasha tenía once años. Había ido por primera vez a Artek, el campamento de pioneros, a miles de kilómetros de casa, en la costa del Mar Negro. Si le hubieran dado a elegir, no hubiese ido, pues estar dos semanas fuera de casa, lejos de su madre, era demasiado para él. Pero no se había negado por temor a que la madre pensara que era un cobarde. Así se sentía: cobarde. Pero ¿por qué no podía serlo? ¿Qué había de malo en ser cobarde? No había nada en Artek que él pudiese considerar apetecible, tentador. Ni el mar ni el sol cálido, mucho menos estar lejos de casa rodeado de chicos —muchos de ellos desconocidos— y profesores. La idea de marchar lo atormentaba, le quitaba el sueño por las noches. Así, la mañana en que su grupo partía para Artek, mientras la madre alistaba la maleta, él, subrepticiamente, había escapado de casa.

Pero, ¿a dónde podía ir? Claro que al zoológico. Allí se estaba a gusto y ya otras veces había escapado a ese sitio. De buena gana se quedaría para siempre en una jaula, con tal de que la madre estuviese allí también y le echara la comida a diario a través de los barrotes. Sin embargo, eso no era posible. Por lo tanto, al escapar de casa se fue efectivamente al zoológico, pero sólo por un rato. Quería esperar a que su grupo del colegio partiese hacia

Artek, dejándolo atrás. Entonces podría regresar a casa, pues ya no había nada que hacer.

De repente, en el zoológico se aburría, pues ya lo conocía de memoria. ¡Pero el tiempo no pasaba! No llevaba reloj, mas le daba la impresión de que apenas había estado un rato allí. Se puso entonces a contar hasta el cien, hasta dos cientos, hasta mil, y a cada rato se equivocaba y tenía que comenzar otra vez. No se equivocaba porque no supiera contar, sino porque otro pensamiento le impedía concentrarse. Y este pensamiento era la madre: ¿qué estaría haciendo ahora? ¿Se habría dado cuenta ya de su ausencia? ¿Lo estaría buscando? Se imaginó a la madre, desolada, buscándolo por todo el edificio, molestando a los vecinos, gritando su nombre por la escalera. De pronto Yasha no quiso ocultarse más y, cabizbajo y con pasos pesados, se encaminó hacia la salida, atravesó la verja del zoológico y marchó en dirección a casa.

La madre estaba en la calle. Su rostro era de preocupación, pero no estaba, como él había imaginado, gritando su nombre a dos voces. Al verlo llegar no lo reprendió, tan sólo lo agarró de la mano y lo llevó arriba, al apartamento. La maleta estaba lista. La madre hizo a Yasha lavarse un poco y ponerse el uniforme. Casi no hablaba. Ella había llamado un taxi, que ya esperaba en la calle, pitando impaciente. La madre montó al chico en el taxi y subió tras él al automóvil. Llegaron al colegio en el momento en que el ómnibus se disponía a salir rumbo a la estación. La madre se disculpó por la tardanza y montó a Yasha con los demás chicos. En la puerta del ómnibus le dio un beso y se marchó.

Los chicos bajaron en la estación y, guiados por los profesores, subieron al tren. Yasha miraba a todas partes, buscando a la madre, pero ni rastro. Un profesor lo apuró para que montara al tren. El chico dio una última ojeada al lugar y, cabizbajo, subió al vagón.

Así que ahora estaba allí, en Artek, a miles de kilómetros de casa y de su madre. Se había sentado junto al mar, en un puentecito de madera cerca de la playa. El mar le provocaba sentimientos encontrados: lo fascinaba y al mismo tiempo le provocaba pavor. Así estaba él, solo, casi sollozando, cuando apareció una chica.

—¡Hola!

—Hola —respondió Yasha sin mirar.

La chica se sentó a su lado.

—¿Qué haces?

Tenía el pelo castaño, recogido en una trenza muy larga, la piel tostada por el sol y unos ojos verde-azules.

—Nada…

Ella rió.

—Mi nombre es Yelena. ¿Y el tuyo?

La miró a los ojos por un segundo, antes de cambiar la vista. Esos ojos eran el reflejo del mar.

—Yasha… —titubeó—. Yakov Románovich.

Ella volvió a reír.

—¿Quieres dar un paseo?

Asintió. Esquivaba su mirada, pero a cada tanto tenía que volver a mirar esos ojos.

Caminaron por el puentecito. Yasha se puso a hacer maromas cerca del borde. No sabía qué hacer ni qué decir. Hubiera querido soltar algún comentario simpático o inteligente, pero los nervios lo enmudecían. En cambio, optaba por hacerse el temerario. En un momento estuvo a punto de caer, pero Yelena le aferró la mano y lo atrajo hacia sí. Al chico el corazón le latió a mil por segundo. Ella se dio cuenta y volvió a sonreír. Él olvidó su nombre y su casa, el mar y el resto del universo.

¶

Había que hacer algo urgentemente. Pero, ¿qué? Yasha corrió al piso de arriba. Danko Shegal seguía en la cama, atado de pies y manos, mirando la ventana como si el tiempo no hubiera transcurrido.

—Danko —susurró por si alguien escuchaba—, tienes que ayudarme. ¡Hay que escapar de aquí cuanto antes!

El otro lo miró con una expresión ridícula, sonriendo tontamente.

—¡Suéltame! —dijo con un hilo de voz.

Yasha buscó los amarres. Eran fuertes, le llevaría un rato zafar los complicados nudos. Danko parecía haber estado halando las cuerdas, con lo que sólo había conseguido afianzar el amarre. Yasha intentó zafar un nudo con los dientes, pero no se deshizo. Ni siquiera cedió un ápice. Yasha miró la cuerda, contrariado, haría falta cortarla. Salió de la habitación y bajó corriendo las escaleras.

En el patio todo seguía la rutina de siempre. Solo Yasha se veía atribulado, andando de un lado para otro. No sabía a quién acudir, o qué hacer. De pronto vio a «Hércules», el enfermero, en un rincón del patio. El chico suspiró y encaminó sus pasos hacia el forzudo enfermero, el único que alguna vez había despertado su simpatía.

—¡Yakov Románovich! —sintió una voz a sus espaldas.

Yasha se volteó. Allí estaba el armenio. Tenía el semblante fruncido de preocupación. Lo agarró del brazo y le impidió seguir avanzando hacia el enfermero. Con delicadeza, pero con el pulso firme, el armenio atrajo al chico hacia un rincón vacío.

—¿Qué hace, estimado Yakov Románovich?

Yasha no respondió, pero el otro parecía conocer la respuesta de antemano.

—Quiere escapar de aquí, ¿no es cierto?

Había algo de tristeza en la voz del armenio, un deje que a Yasha le trasmitía algo de pena mezclada con consternación. Pero, al mismo tiempo, el chico moreno parecía tener total control de la situación. Yasha decidió someterse y afirmó con la cabeza.

—Entonces —dijo el armenio como si pensara muy bien sus palabras, o quisiera que estas provocaran una honda impresión—, puede contar conmigo. Ya se lo dije.

Yasha lo miró dubitativo. En su rostro también se reflejaba la desesperación. Volvió a echar una ojeada al patio y su vista se detuvo en «Hércules».

—Cerca de aquí —continuó diciendo el armenio— hay una estación de ferrocarril que lleva a la ciudad. Pero para comprar los billetes se necesita de un adulto —hizo una pausa—. Digamos que cierto enfermero tiene una deuda conmigo. En un rato hablaré con él. Tenga usted confianza en que así lo haré.

Yasha se preguntó cuál sería el enfermero. Su vista aún estaba fija en «Hércules», pero ignoraba qué clase de deuda podría tener este con el armenio. Cómo podría un enfermero deber algo a un pequeñajo extravagante como aquel. Lo miró con una mezcla de curiosidad, sospecha y gratitud, y se dejó empujar fuera del patio.

—Espere a la hora del almuerzo —dijo el armenio conduciéndolo al interior del edificio.

—No tengo con qué pagar —dijo Yasha, al borde del llanto.

El armenio lo miró, muy serio.

—¿Está seguro? —dijo mientras se alejaba.

Yasha regresó a la habitación de Maya. La chica lo recibió con una sonrisa tímida. Quizás ya había pasado la tempestad. Sin embargo, la embargaba una profunda tristeza.

—Maya —comenzó diciendo Yasha—, tengo un plan para escapar. Pero necesito ayuda.

A la chica se le iluminó el rostro.

—Tenemos que pagarle a cierta persona, pero no sé con qué.

Maya sonrió. Se levantó y, de debajo de la cama, extrajo las dos cajas con el proyector y las filminas. Puso ambas cajas sobre el regazo de Yasha.

—Maya, ¡no!

Ella agitó la cabeza. Tenía razón. El armenio, a fin de cuentas, era un chico, y el «tesoro» de Maya podría tener algún valor para él. Yasha agarró las cajas, miró a Maya a los ojos y emitió un suspiro. Se puso de pie y abandonó la habitación.

–Vuelvo pronto.

Salió al pasillo. Se le había ocurrido una idea que, aunque efectiva, le cortaba el aliento. Subió las escaleras y se dirigió a su habitación. Pasha no estaba. Yasha se detuvo junto a su cama. Caviló un rato, indeciso. Finalmente, soltó otro suspiro y levantó el colchón. Agarró su libro, *Los tres de la plaza de los cañones*, y lo estrechó cerrando los ojos. «¡Ya soy grande!», se dijo y volvió a salir, llevando el libro sobre las cajas.

El armenio estaba en el comedor. Yasha se sentó en su mesa, con las cajas y el libro sobre las rodillas. El armenio parecía haber despachado a sus adláteres, quienes, sentados ahora en otra mesa, miraban a Yasha con rencor.

–¿November Charlie? –dijo el armenio cuando Yasha se sentó frente a él.

El chico dio un brinco de sorpresa. Recordaba claramente lo que significaban esas palabras. Eran el código internacional que usaban los marinos para expresar que se está en peligro y se necesita ayuda. Yasha lo sabía justamente por el libro que ahora tenía sobre las rodillas.

–¡Vamos, Yakov Románovich! –dijo el armenio–. Alguien como usted, ¡claro que sabe lo que eso significa! –hizo una pausa, sonriendo de modo un tanto maligno–. Solo tenía que decirlo, November Charlie, y yo en seguida le habría prestado ayuda.

Yasha no acababa de confiar en el chico. Sus palabras parecían sinceras, pero algo en él ocultaba información. Sin embargo, para resolver su situación no le quedaba más remedio que confiar. Miró las cajas que tenía en su regazo y las puso sobre la mesa.

–¿Es suficiente?

El chico entornó los ojos. Destapó una caja primero, luego la otra, y sonrió.

—He hecho lo que le prometí –dijo–. Al terminar el almuerzo, vaya a su habitación, como cada día. Una vez allí, vístase y espere acostado. El enfermero de quien le hablé ira a buscarlo.

—Pero, ¿y Maya?

—¿La chica? ¡Claro! También lo pensé. Ella es la causa de todo, ¿no es así?. Por supuesto que está incluida en el plan. A ella también irá a buscarla el enfermero. Demás está decirle que no pueden cargar con demasiadas pertenencias, sólo lo indispensable.

Yasha se quedó en silencio, mirando al armenio. Si el pequeñajo traicionaba sería la perdición de todos. Entonces recordó a Danko.

—Hay alguien más –dijo–. Danko Shegal, del Dos B.

El armenio entornó los ojos en una mueca.

—Eso costará más… –frunció el ceño como si pensara en algo.

Yasha suspiró. Agarró el libro que aún tenía en el regazo y lo puso encima de las cajas. Al armenio pareció iluminársele el rostro.

—Bien, estimado Yakov Románovich. Todo sea por los amigos. ¡Cuente con ello!

Yasha se quedó pensativo. Si el armenio no traicionaba y en verdad cumplía su promesa, realmente les habría salvado la vida. El otro pareció adivinar sus pensamientos.

—No se preocupe, estimado Yakov Románovich. ¡Espero que algún día nos veamos, en otro sitio!

¶

Yasha subió a su habitación tras el almuerzo. Espero a que Pasha estuviera dormido. Sacó del closet la ropa con la que había llegado al Sanatorio y la cambió por el pijama de rayas, tal como había dicho el armenio. No le importaba dejar atrás la maleta, pero enseguida se acordó del libro. Recordó a su madre, pegando con esmero las páginas, una a una. Era el único recuerdo que conservaba de ella. De repente sintió ganas de llorar, pero se contuvo. Se acostó a esperar sobre la cama. La zozobra no lo dejaba esperar tranquilo. En cualquier momento podría llegar el enfermero, si el armenio había dicho la verdad, y si el tal enfermero cumplía su parte. Yasha tenía la esperanza de que fuera «Hércules», pues esto le daba más seguridad, aunque, a decir verdad, no tenía demasiada fe en que todo saliera como lo planeado.

Escuchó pasos en el pasillo. Luego el sonido del picaporte. Se cubrió con la manta y cerró los ojos, por si se trataba de otra persona. A través de la maraña de sus ojos entrecerrados vio entrar al cuarto una figura vestida de blanco que fue directo hacia su cama.

–¿Yakov Lanski? –dijo una voz gangosa.

Yasha se descubrió. Junto a él no estaba «Hércules», sino aquel al que él llamaba el «Aristócrata». Un sudor frío le recorrió la nuca.

–¡Venga conmigo –susurró el enfermero.

Salieron al pasillo y se dirigieron al Dos B. El chico miraba incrédulo al hombre vestido de blanco. Su piel morena contrastaba con la blancura de la bata. Yasha se dio cuenta entonces que el «Aristócrata» debía ser también armenio, aunque antes no se le había ocurrido. Entraron al cuarto y el enfermero fue directo a la cama de Danko. Con destreza deshizo los nudos.

–Ayúdeme a vestirlo –le dijo a Yasha en tono de súplica, aunque parecía más bien una orden.

El chico buscó algo que pareciera apropiado para vestir a Danko. Este se dejó poner la ropa. Parecía un muñeco sin vida. Su rostro aún tenía la expresión estúpida que le producían los sedantes.

–¡Voltéelo! –ordenó el «Aristócrata».

Yasha hizo lo que pudo con el cuerpo inerte. El enfermero sacó una jeringuilla e inyectó un líquido blanquecino en la espalda de Danko. El cuerpo reaccionó con una contracción. El chico fue despejándose poco a poco. Aún mantenía cierta torpeza, pero al menos podía ponerse de pie.

El enfermero tuvo cuidado de volver a cerrar las puertas con llave. Luego los tres bajaron las escaleras hasta el piso de las chicas. Alrededor todo era silencio, como si no hubiese nadie más en el edificio. Maya los recibió con lágrimas en los ojos y en seguida se lanzó al cuello de Yasha.

–¡Vamos! ¡Vamos! –dijo el enfermero–. ¡Ahora no hay tiempo!

Bajaron las escaleras tratando de no hacer sonar los escalones, aunque los tres chicos tenían ganas de correr. Al llegar a la puerta de entrada, el «Aristócrata» volvió a sacar el manojo de llaves. La cerradura cedió. Los chicos salieron al umbral, pero el enfermero se quedó atrás.

–Al llegar a la carretera –dijo–, tomen a la derecha. En un kilómetro hallarán la estación. El tren sale a las cinco. Allí nos veremos.

Yasha no cabía en sí de alegría. Si todo esto era una trampa, ya no importaba. Al llegar a la verja ya podía sentir el aire de la libertad. Abrazó a Maya y a Danko, y los tres juntos corrieron por la carretera vacía, hacia la estación.

Elegía de Moscú

Moscú no creía en las lágrimas,
pero creía en el amor.

Serguéy Nikitin
y Víktor Sujarev, *Alexandra*

VIII.

No mires atrás

A pesar de las reservas de Yasha, el «Aristócrata» había estado a tiempo en la estación. Los temores del chico habían incrementado al ver la plataforma llena de gente. Le parecía que todos los miraban de modo sospechoso e, incluso, había creído ver a la dependienta de la cafetería llamando por teléfono. Pero al llegar el enfermero todo se había disipado. Este había tomado la precaución de aparecerse en ropa de calle, los había saludado de modo familiar y enseguida había comprado los billetes. Cuando montaron en el tren, el «Aristócrata» los despidió con un efusivo movimiento de la mano.

Durante todo el trayecto, Yasha estuvo contemplando el paisaje por la ventanilla. Los bosques se erguían a ambos lados de la línea. Ora aquí ora allá aparecía alguna isba, o la verja de una casa lejana. Al pasar cerca de un cementerio, le dio un vuelco en el estómago. No le gustaban los cementerios. Pensó en toda esa gente bajo las lápidas, pudriéndose en la tierra, con la ropa hecha jirones y las expresiones deformadas.

El conductor apareció en el pasillo y se puso a comprobar los billetes. La ciudad comenzaba a crecer poco a poco a ambos lados de la línea. Al llegar a la estación de Bielorrusia, Yasha, Danko y Maya se confundieron con el tropel de gente. Abandonaron la estación y tomaron el metro, luego de pasar sin ser vistos por sobre el torniquete. Se bajaron en la Mayakóvskaya. Yasha respiró el aire de la Sadóvaya. Su casa, el pequeño apartamento, estaba muy cerca. ¿Estaría la madre allí? ¿Cuál sería su reacción si lo viese ahora? Un aire de temor lo invadió. Bajó la cabeza.

—¿Qué hacemos ahora? —preguntó Maya.

No había pensado en eso. Su única idea era escapar del Sanatorio. Por supuesto que ninguno de ellos podía regresar a su hogar. Eran vagabundos en medio de la ciudad inmensa. Yasha recordó las historias que había leído sobre Tom Sawyer y Huck Finn, cuando estos se escaparon de casa y vivieron un tiempo en una isla en medio del río. Pero en el Moskvá no había islas, al menos no en esa parte. No había nada que hacer. Sintió hambre y extrañó las abundantes comidas del hospital.

—¡Vamos al parque zoológico! —respondió, decidido.

El parque zoológico estaba cerca, a unas cuadras. Yasha había pasado tanto tiempo allí en una época, que era casi su segunda casa. Así que fueron los tres caminando por la Sadóvaya. Aún era temprano y había mucha gente en la calle, pero también había una tensión rara. Los transeúntes miraban a todos lados como si algo sucediera. Al llegar a la entrada del parque, el guardia en la garita los miró con sorpresa. El parque estaba vacío: no había por allí chicos paseando con sus padres ni vendedores de globos; sólo los animales parecían continuar su natural existencia, recluidos en sus jaulas.

Tampoco estaban abiertas las cafeterías. El parque, salvo por los animales y algún cuidador aislado, era un desierto. Los chicos no tenían dinero, pero habrían dado cualquier cosa por un helado o una bolsa de chocolates. Anduvieron por el lugar deshabitado y fueron a sentarse cerca de uno de los estanques. Unos cocodrilos boquiabiertos flotaban en el agua, esperando que algo se posara mansamente en sus fauces. A lo lejos se escuchaba a ratos el rugido quedo de un león famélico, al que respondía la barahúnda de los monos del otro lado. La tarde era demasiado quieta. Estuvieron así, los tres, en el banco, con Maya en el centro y los otros a cada flanco, mirando al agua. Maya recostó su cabeza sobre el hombro de Yasha. Sus ojos lánguidos le lanzaron una mirada implorante.

–Tengo hambre –dijo en un suspiro.

Yasha se devanaba los sesos. Miró a su vez a Danko, pero este estaba tan quieto que parecía muerto, como los cocodrilos del estanque.

–¡Vamos! –dijo Yasha de golpe.

Los condujo fuera del parque. Esta vez no descendieron al metro, sino que fueron caminando, aunque ya les dolía el estómago del hambre. Yasha iba delante. Los encaminó por la Povárskaya, rumbo a la calle Arbat, donde vivía su tío Grígori Lazarevich.

¶

Y sí, a pesar de todo lo que ahora lo extrañaba, de cuánto lo atormentaba su recuerdo y creía ver su rostro desordenado y barbudo en cualquier mendigo, hubo un tiempo en el que Yasha no soportaba salir de casa solo con su padre. No le gustaba dejar atrás el hogar, el pequeño apartamento de la Sadóvaya, ni a su madre. Siempre había algo que iba mal en aquellas salidas. Al chico no le gustaban de repente sus zapatos, tras caminar una veintena de pasos por la acera, y lloriqueaba por regresar, o tenía un accidente antes de salir; como aquella vez que saliendo apresurado de la ducha había resbalado y se había partido la cabeza: diez puntos y un claro calvo en el costado del cuero cabelludo. Otras veces lograba alejarse de casa, pero entonces sucedía algo terrible en el sitio al que iban. Un trapecista caía de la cuerda en el viejo circo del bulevar Tsvetnoy; el pequeño Yasha se perdía de la mano paterna en la oscuridad del Planetarium o había un incendio en la Málaya Brónnaya y el chico veía, sin querer, como los bomberos bajaban un cadáver morado en la camilla.

Ah, sí, el pequeño Yasha no soportaba salir solo con su padre, y no solamente porque en cada salida ocurriera una catástrofe.

Lo cierto es que prefería a su madre, quedarse cerca de ella, en el pequeño apartamento de la Sadóvaya. El padre pasaba mucho tiempo fuera de casa, muchas veces fuera de la ciudad, y en todo ese tiempo Yasha se refugiaba en la madre, en su calidez, en su voz cantando junto a la ventana mientras zurcía.

Y, ¡ay!, ¡qué terrible había sido para el chico aquel viaje a la pequeña aldea de Yislavl, donde vivía el abuelo. Este, para colmo, no le resultaba simpático en lo más mínimo, pues se pasaba el tiempo burlándose del pequeño y hablando mal de los moscovitas. Solo dos cosas le habían gustado de aquel viaje: su tía Lizaveta, tan joven que era casi de su edad, y las historias que el abuelo contaba de noche, en la penumbra de la vieja casa. Todos los chicos del vecindario corrían en la noche a escuchar las historias del «abuelo Lazar», como lo llamaban, y se quedaban embobecidos cuando el anciano comenzaba a narrar alguna peripecia fantástica que siempre los involucraba a cada uno de ellos con sus nombres, montados sobre cabras voladoras, yendo a rescatar a una princesa de las garras de un malvado dragón. Yasha, incluso, había intentado, más tarde, escribir esas historias, pero sentía que carecían de ese halo de misterio con el que las había escuchado en la penumbra de la vieja casa de la aldea.

Aquella vez, por supuesto, también había ocurrido un accidente, como siempre que salía solo con el padre. Le habían dado a montar un potro joven, blanco y muy bonito, pero impetuoso, y justo a la orilla del río el chico había perdido las riendas y había caído al agua. La tía Lizaveta, que había visto todo desde el porche de la casa, había corrido a salvarlo y había enjugado sus lágrimas con su pañoleta. Luego había enrollado el trapo rojo alrededor del cuello de Yasha y le había besado la frente. El padre no había estado presente entonces, pues había ido a la casa de un vecino, de donde había regresado tarde y apestando a alcohol.

§

La Arbat, misteriosamente, estaba vacía. Las farolas ya comenzaban a encenderse, mientras la luz del día menguaba entre los edificios. El silencio envolvía la calle, en otros tiempos bulliciosa, y sólo se escuchaba la voz de la radio que escapaba de algún apartamento vecino. Los chicos llegaron al portal, y Yasha tocó el timbre. La voz del tío se escuchó por el intercomunicador.

—¿Quién es?

—Soy Yasha —respondió el chico tras unos segundos de vacilación.

Del otro lado se hizo silencio. Luego se abrió el portón y los tres fugitivos entraron al pasillo. Subieron por las escaleras hasta el segundo piso. Yasha tocó el timbre junto a la puerta de madera. Grígori Lazarevich abrió la puerta. Era un hombre menudo, aún joven, con el pelo ensortijado y un poco largo, en el que las canas se entremezclaban con los rizos negros. Tenía una frente pronunciada, en una cabeza un poco grande para su cuerpo, y una nariz puntiaguda que sobresalía de los anteojos, sustentada por unos bigotes espesos y una barba en forma de perilla. Salió al umbral enfundado en un albornoz púrpura que cubría su pijama. Llevaba los pies cubiertos por pantuflas y una pipa entre los labios. Aunque era evidente que la visita lo alegraba, tenía el ceño fruncido. Miró de reojo a los tres chicos y con un gesto los hizo pasar al apartamento.

El interior de la casa del tío era confortable, aunque todo el espacio, por el pasillo y las habitaciones, estaba abarrotado de libros, revistas y periódicos. Grígori Lazarevich trabajaba como redactor en una revista de espectáculos y pasaba mucho tiempo frente a su máquina de escribir, en el pequeño despacho, rodeado de montañas de papel. El tío condujo a los chicos por el pasillo hasta la cocina. Un par de gatos gordos —uno negro y peludo, el otro gris rayado– saltaron desde un estante y comenzaron a ronronear entre las piernas de los chicos.

–¡Shiva! ¡Popota! ¡Hagan el favor! –gritó el tío.

Danko acercó peligrosamente la cara al gato rayado, el que respondía al nombre de Shiva.

–*Om nama Shivaya* –le dijo burlón, juntando las manos.

El gato pareció satisfecho con el saludo y se alejó pomposo, con el rabo en alto.

El tío Grígori Lazarevich, mascullando con la pipa en los labios, les ofreció té y pan con mantequilla, y los tres chicos se zamparon el pan de una sentada. Bebieron el té, aún hirviendo, a grandes tragos.

–Tienen hambre, ¿eh? –masculló el tío.

Los tres asintieron. Fue un alivio ver como Grígori Lazarevich sacaba de la despensa un trozo de salchichón. Cortó unas rodajas y las calentó en la sartén. Puso en la hornilla contigua una cacerola con una sopa en la que flotaban habas y papas. Luego, el tío sacó más pan y sirvió la mesa.

–Coman, coman, pequeños míos.

El tío miraba inquieto el reloj eléctrico de la cocina. Mientras los chicos comían, Grígori Lazarevich encendió la radio. Una transmisión monótona daba cuentas de que, en defensa de los ideales socialistas, los camaradas tal y más cual, a partir de aquel día, diecinueve de agosto de 1991, se hacían cargo del gobierno de la República Socialista Soviética de Rusia y de toda la Unión. El tío apagó la radio sin esperar a que el locutor terminara la frase.

–Así todo el día –comentó–. ¡Que el diablo se los lleve!

En ese momento se escuchó la puerta de la calle. Alguien entró tropezando con las pilas de libros, maldiciendo de forma casi incomprensible. Grígori Lazarevich salió de la cocina a interceptar al recién llegado. Desde el corredor llegaba su voz. El tío discutía con otro hombre.

–Vamos, Romka –decía Grígori Lazarevich–, ¡a la cama!

—¡Qué cama ni qué ocho cuartos! —farfullaba la otra voz— ¡Tengo hambre!

—Entonces, date un baño primero —insistía Grígori Lazarevich.

—¿Ahora me das órdenes? ¿Tú?

A Yasha le latía fuertemente el corazón. Aquella voz le resultaba muy familiar. A la puerta de la cocina se asomó un hombre desaliñado, con la barba sin rasurar. Detrás de él, apareció Grígori Lazarevich, que intentaba en vano hacerlo entrar en razón. Yasha miró a la profundidad de aquellos ojos perdidos, que, al verle, emitían un destello de juventud recuperada.

—¡Yasha! ¿Eres tú, Yasha mío?

El hombre tropezó con un estante y cayó al suelo. Grígori Lazarevich lo ayudó levantarse y sentarse en una silla. El otro maldecía y lloraba, cubriéndose la cara. Al final, Grígori Lazarevich se las ingenió para llevar al recién llegado a la habitación. Yasha estaba petrificado. De repente, como poseído, se puso de pie y se abalanzó hacia el pasillo, hasta la puerta de la calle. Abrió de golpe y abandonó el apartamento. Danko y Maya corrieron tras él. Lo encontraron abajo, en el portal, llorando a moco tendido. Maya se sentó junto a él y lo abrazó.

—¿Es tu padre? —preguntó Danko.

—¡No puede ser! —repetía Yasha—. ¡No puede ser! ¡Dijeron que había muerto!

Danko pensó un momento.

—Sin embargo, es él —dijo—. No cabe duda. ¿Afganistán?

El chico asintió. Maya intentó acariciarlo, pero él ni se inmutó. La chica le hizo una seña a Danko, que estaba a punto de continuar hablando. Este meneó la cabeza.

—¿Y qué vamos a hacer? —insistió—. Supongo que no querrás regresar ahí dentro.

Maya volvió a hacer la mueca, ahora más pronunciada. Al ver que el otro no pensaba callarse le propinó un puntapié en la canilla.

–Tengo el lugar perfecto para nosotros –dijo finalmente Danko, frotándose la canilla en el sitió donde Maya le había asestado el puntapié.

¶

Volvieron a escabullirse por la boca del metro. Otra vez saltaron por encima del torniquete. Nadie los vio. Había poca gente en la línea azul. Luego tomaron la línea naranja hasta el Paseo de la Paz. Pasaron junto a un mendigo borracho, tumbado al pie de las escaleras eléctricas. Yasha cerró los ojos. Los tres chicos subieron a la calle cerca del Jardín Botánico. Danko los condujo hasta un edificio de los años treinta. Subieron las escaleras y Danko se detuvo frente al apartamento 602 bis. Se escuchaba música alta a través de la puerta. Tocaron el timbre. Abrió un chico de melena larga.

–¡Oh, sublime camarada hebreo! –dijo–. ¡Y con invitados! ¡Pasen, pasen, queridos!

Yasha y Maya entraron primero, tímidamente. Danko los siguió. El apartamento parecía un urinario público. Aquí y allá había pintadas en las paredes, afiches y dibujos. Todo estaba desordenado, aunque no demasiado sucio. Las habitaciones no tenían puertas y en cada una de ellas había un grupo de chicos de la misma edad, tirados en pila como trozos de carne muerta. En el aire se mezclaba el olor a humo, a humedad y a alcohol rancio. La música estaba tan alta que aturdía. Maya se tapó los oídos con las manos.

–Un poco alta –gritó el que había abierto la puerta–. ¡Bienvenidos al país de la libertad!

–¿Y los vecinos no se quejan? –preguntó Maya.

–Casi no tenemos vecinos –sonrió el chico–. La mayoría ha escapado a Hungría o a Alemania.

El anfitrión los dejó para meterse en uno de los cuartos. Danko lo siguió. Un par de chicas muy rubias lo saludaron con efusivos besos en la boca. Yasha y Maya salieron al balcón. Desde allí se veía la torre de televisión de Ostankino y una parte del estadio olímpico. El chico contempló la ciudad como si la viera por primera o por última vez. Las luces hacían parecer ese lado como un gran jardín en flor, con margaritas, nomeolvides, violetas, crisantemos y claveles vibrando en un mar de piedra. Maya se acercó y lo apretó fuerte. Entonces se acercó el anfitrión con una botella de vodka en la mano.

–¿Un trago?

Bebieron. El alcohol tenía gusto a remolachas podridas. Yasha casi se atraganta y le sobrevino una arcada a la boca del estómago.

–Es casero –dijo el otro sonriendo–. Lo cambiamos a un vecino por cosas que encontramos olvidadas.

Yasha se preguntó qué tipo de cosas encontrarían «olvidadas». Si, como había dicho, el edificio estaba vacío, quizá podrían encontrar comida y otras cosas en los apartamentos. Al fin y al cabo, los dueños se habían marchado, abandonándolo todo. Yasha se dio otro trago y pasó la botella a Maya. Ella bebió y el líquido chorreó por la comisura de sus labios hasta la barbilla. ¡Daban tantas ganas de besarla entonces! Maya pareció leerle el pensamiento. Le tomó la mano y lo arrastró hacia dentro. Encontraron el baño vacío. Montones de ropa hacían bultos sobre el suelo. La chica puso el pestillo y comenzó a desnudarse. Yasha siguió su ejemplo, con prisa, como si el mundo fuera a terminarse de un momento a otro.

Esta vez no hubo lágrimas ni piel rasgada, aunque aún dolía y el sexo de Maya estaba seco al principio. La chica, sin embargo, poseía una seguridad que dejaba pasmado a Yasha. Dominaba, mandaba, controlaba, se hacía dueña del cuerpo del chico. Lo tumbó dentro de la bañera, que estaba llena de ropa sucia, y de un salto se trepó sobre él. Dentro de la bañera, el espacio era pequeño y las rodillas y los codos rozaban los bordes. Además, él tenía que mantener el torso erguido, pues no cabía cuan largo era, y al intentar hundirse en el pozo esmaltado le dio una sensación de vértigo. Parecía que el mundo se hundía. Sintió asfixia y tuvo que forzar el aliento. Ella, por su parte, no hizo caso del malestar del chico. Decidida, le agarró el sexo y lo hizo suyo. Lo enfundó en su sexo cálido y aún reseco, sin emitir siquiera un quejido. Él la aferró, casi llorando, como un niño. Los movimientos salvajes de la chica, rabiosos, como una rusalka que intenta ahogar al caminante en su ribera, le infundían un terror que casi llegaba a amilanarlo. Al final, ella profirió un grito de conquista, como el canto de un gallo, y le apretó a Yasha la carne de la espalda, hasta lacerarla.

–¿Qué pasa? ¿No te ha gustado? –le preguntó, al percatarse del modo en que el chico la miraba, lívido y tembloroso.

Yasha no contestó. Maya lo miró entonces con ternura. Sacó de su interior el sexo del chico y comenzó a agitarlo con suavidad entre sus manos blancas.

–Esto es lo que haces cuando estás solo ¿No es cierto?

Yasha se dejó hacer. Cerró los ojos y pensó en ella. La vio a través de sus párpados cerrados. Su piel blanquísima y suave. Pensó en sus labios y en sus pechos, en su sexo cálido y mullido. Se derramó en un instante, en la mano de la chica. El líquido viscoso chorreó entre los dedos largos y blancos de Maya. Ella se acurrucó sobre su pecho. Él respiró aliviado.

§

Maya se quedó dormida con la cabeza recostada sobre el pecho de Yasha. Él se sintió bien, así, por un rato, pero luego los músculos comenzaron a entumecérsele y el peso de la chica se fue haciendo cada vez más insoportable. No podía moverse, lo que le creaba un estado de ansiedad que crecía fuera de control. Intentó apartar a Maya, suavemente, pero el cuerpo dormido era como una piedra sobre su regazo. Lo intentó con todas sus fuerzas, casi con violencia, mientras sentía crecer la asfixia. Ella cedió sin despertarse. Yasha salió de la bañera. La chica se acurrucó sobre la ropa sucia.

Yasha se puso el pantalón y salió al pasillo. En la habitación de enfrente, Danko y las dos rubias estaban tirados en el piso y se pasaban un cigarrillo enrollado a mano, con el papel muy manchado. Al ver a Yasha, Danko le lanzó una mirada socarrona y le ofreció el pitillo.

—Gracias —dijo Yasha—, pero no fumo.

Danko movió la cabeza.

—Déjate de tonterías. ¡Esto es *cannabis sativa*!

Yasha imaginó que sería algo fuera de lo común, por la importancia que Danko parecía darle. Agarró el cigarrillo entre los dedos, con timidez. El olor era penetrante. Casi mareaba. Se lo acercó a los labios y le dio una chupada. Todo el humo se le quedó concentrado en la boca, caliente y lacrimoso. Enseguida lo soltó, intacto.

—Tienes que aspirarlo —advirtió Danko.

Yasha no sabía qué significaba aspirar el humo, así que dio otra chupada y está vez mezcló el humo con su respiración. Sintió que se le quemaban la tráquea y los bronquios. Un cosquilleo en el pecho lo hizo toser.

—Ve más despacio.

—¡Siéntate con nosotras! —dijo una de las rubias.

Yasha se sentó al lado de Danko e hizo un tercer intento con el cigarro. Repitió el método de la vez anterior, pero ahora respiró con temor y sólo una pequeña cantidad de humo penetró a sus pulmones. Danko le quitó el cigarrillo de la mano, le dio un par de chupadas y se lo pasó a la rubia de su lado. La otra comenzó a acariciarle la cabeza a Yasha. Los ojos entrecerrados de la chica lo contemplaban melosos. El cigarro dio la vuelta y fue a caer otra vez en manos del chico.

Se puso a pensar en su vida. Allí estaba él, en un sitio desconocido, rodeado de gente extraña –incluso Danko y Maya eran desconocidos–. Sin embargo, ahora esta gente era su única familia. Antes, cada vez que escapaba de casa, siempre terminaba regresando, porque ninguna escapada era definitiva. Pero ahora, ¿a dónde podía regresar? No había nada. La madre lo había abandonado en un hospital. Probablemente se habría marchado del país con Mijaíl Ilich. Por otro lado, su padre verdadero, al que había creído muerto durante años, regresaba convertido en un borracho desertor o lo que fuera. Allí tampoco había a dónde volver. El tío Grígori Lazarevich ya tenía bastante con tener que ocuparse del hermano. También estaban, era cierto, su abuelo Lazar y su tía Lizanka. Pero estos vivían lejos, muy lejos, en la frontera con Polonia, en el fin del mundo. A saber cómo llegar allí, o cómo lo recibirían si llegaba. Yasha se sintió una pulga insignificante, una pulga en medio de un mundo demasiado grande para sus fuerzas.

Era un cobarde y lo sabía. Siempre había vivido bajo la falda materna y, aunque a veces pretendía rebelarse, lo hacía sólo porque era un majadero insoportable, que no hacía otra cosa que hacer sufrir a todos los que tenía a su alrededor. ¿Qué hacía ahora allí, lejos de casa, lejos de la falda de su madre, haciéndose el adulto? Sí, había escapado del Sanatorio, donde lo habían abandonado como a un trasto viejo. Había hecho amigos que no se parecían en nada a lo que hubiese conocido. Había encontrado una chica maravillosa con la que incluso había tenido sexo. Y ahora estaba allí, en la «tierra de la libertad», tirado en un colchón sobre el suelo, ebrio o quién sabe, junto a una chica rubia que le acariciaba el pelo y lo miraba con ojos enrojecidos y dulzones.

Sintió que el peso del mundo le caía encima, que se hundía en el colchón y era un insecto insignificante, con sus patitas en el aire, sin poder saltar. Se vio a sí mismo muy ridículo, como un bicho bocarriba, incapaz de darse vueltas, meneando las patas en el aire con desespero. Un ataque de risa lo envolvió de pronto. La risa hizo eco en los otros y retumbó por todo el apartamento.

—¡Los psiquiatras no entienden nada! —gritó y siguió riendo.

IX.

LA PLAZA DE LOS CAÑONES

Yasha tuvo un sueño convulso. Alguien tocaba a la puerta del apartamento. Al abrir, encontraba en el umbral a dos enfermeros, con sus batas blancas. Los dos hombres se lanzaban sobre él, lo ataban y lo llevaban de vuelta al Sanatorio. Una vez allí, la doctora Nikolaeva le decía que sus padres lo habían abandonado, para poder marcharse del país, y que ahora él le pertenecía a ella, para siempre. De pronto, el chico estaba de vuelta en la «perrera». En la penumbra descubría el rostro demacrado y sin rasurar del padre. Podía escuchar la voz de Maya, que gritaba del otro lado de la pared, mientras Olia y Mikolái, los «varegos», la violaban y golpeaban entre risas e insultos. Entonces, su celda de la «perrera» se transformaba en la habitación del Sanatorio. Pasha Ransójov, el «simulador», le decía que no podía confiar en nadie y le pedía encarecidamente que no dejara que se lo llevaran. Se escuchaban unos pasos pesados en el pasillo. El picaporte giraba. Alguien, afuera, quería abrir la puerta. Por la ventana se veía una chimenea inmensa de la que brotaba un humo blanquísimo, que lo asfixiaba y le quemaba los bronquios. Por delante de sus ojos pasaba una multitud: Danko, Natalia Bloj, el armenio... todos marchaban en sus pijamas de rayas, junto a una cerca de alambre. Danko tenía sogas atadas a pies y manos. A lo lejos, veía a la madre junto a Mijaíl Ilich. Más allá el tío Grígori Lazarevich y la tía Lizanka, ambos con gabanes largos y maletas de cuero, agitando pañuelos en señal de despedida.

Despertó. Estaba otra vez en el cuarto de baño, sobre un montón de ropa. Se incorporó cabizbajo y quedó pensativo. Maya levantó la cabeza por encima del borde de la bañera, bostezó y se le quedó mirando.

—¿Qué te pasa, zarévich Iván?;¿Por qué te veo sombrío, como día gris y frío?

Yasha sonrió. Maya, salida de tal guisa de la bañera, bien podía ser la zarevna Vasilisa, convertida en rana o en cisne. Era realmente hermosa. El chico recordó la rusalka de la noche anterior. ¿Qué iban a hacer ahora? A ella quizá la estarían buscando. Sus padres la habrían ido a recoger al Sanatorio. Pero Moscú era grande, una ciudad enorme. ¿Cómo sabrían por dónde empezar? Y su familia no era de allí. En fin, que podrían pasar unos días… Al chico la mente le funcionaba como una ametralladora. De tanto pensar sintió hambre.

—¿Habrá algo de desayuno? —dijo mirando a la puerta.

Maya se encogió de hombros. Ella también tenía hambre. Desde el día anterior no probaba bocado, y la comida en casa del tío Grígori Lazarevich había resultado insuficiente. Daría cualquier cosa por un plato de gachas de avena. Ambos salieron del cuarto de baño. En el pasillo los interceptó Danko.

—¡Saludos a los tórtolos! —dijo haciendo una mueca—. Espero que hayan dormido bien. No es el hotel de inturistas, pero…

—*Monsieur Daniel* —lo interrumpió Maya—, *on a faim*…

Danko cambió la expresión, su rostro se volvió grave.

—*Naturellement* —dijo, pensativo—. *Le petit déjeuner*… No queda más remedio que salir a buscarnos el pan. Como decía, este no es el hotel de inturistas.

Sin embargo, en la cocina encontraron pan negro, con la corteza cubierta de moho, y algo de té. El pan, por dentro, estaba sano y se podía comer. Maya preparó el té y lo sirvió en platillos hondos, pues no había vasos.

—De todas maneras —comentó Danko mientras masticaba una hogaza—, habrá que salir a la calle. Mis valientes camaradas viven como pueden y no hay lugar para lujos en este sitio.

Así que, una vez desayunados y con algo en el estómago, salieron los tres con rumbo indefinido. Yasha no conocía esa zona de la ciudad, e insistía en acercarse a la Sadóvaya.

—Demasiado céntrico —objetó Danko, quien por ser el mayor se había autoproclamado líder de la expedición—. Mejor busquemos algo por aquí cerca. Ya tendremos oportunidad de exponernos esta noche.

—¿Qué hay esta noche? —preguntó Maya con vivo interés.

—Unos amigos hacen un concierto en el parque Gorki —respondió Danko.

A los otros les pareció maravillosa la idea. Ya habían pasado los tiempos de estar recluidos en el Sanatorio, y si bien su situación era precaria no estaba de más divertirse un poco. El ambiente en la calle era tenso. Más valía estar entre jóvenes, sin hacer otra cosa que escuchar algo de música y rascarse los ombligos. Los adultos que se cruzaban en el camino tenían caras temerosas, como si no supieran detrás de qué esquina iba a surgir la desgracia. Los tres chicos caminaron en dirección a la Kalanchévskaya, sin preocuparse demasiado de los transeúntes.

¶

Maya lo agarró del brazo y recostó la cabeza sobre su hombro. Yasha sintió una vez más el calor de la chica, la suave piel de sus brazos y sus mejillas, muy cerca. No tenía casa ni familia, pero, al menos, la tenía a ella. Y también tenía a Danko. Juntos, los tres, ya se las arreglarían. Llegaron a un almacén. Los estantes estaban casi vacíos. Apenas había, aquí y allá, un trozo de pan viejo o un salchichón lleno de moho. La dependienta los observaba, aburrida, desde el mostrador.

—¿Qué vamos a hacer? —preguntó Maya en voz baja—. ¡No tenemos dinero!

—Eso no es problema —respondió Danko acercándose al mostrador.

Luciendo una sonrisa falsa, de actor de cine, se dirigió a la dependienta con todo meloso.

—Estimada, ¿no tendrá algo de pan viejo con que alimentar unas bocas juveniles?

La mujer lo miró sorprendida y, acto seguido, comenzó a reír. Luego los miró severa.

—¿Es una broma? Mira que no estoy para sandeces.

—No es una broma, camarada —respondió Danko, haciendo una reverencia ridícula—. Estamos en edad de crecimiento.

—¿Y sus padres? ¿O es que son vagos pendencieros?

La dependienta no sabía si reír o enfurecerse. Danko se comportaba como un payaso, pero resultaba simpático, hasta encantador.

—No somos pendencieros, camarada. Pero nuestros padres están lejos, muy lejos —Danko se acercó a la mujer. Se puso la mano junto a la boca y habló en voz baja—. Somos los tres hijos perdidos de un sultán del oriente.

La mujer estalló en risas.

—Hijos de un sultán, ¿no? ¡Ya lo creo! ¡Y yo soy biznieta del zar!

—No lo dudaría —dijo Danko, con mirada zalamera.

Al final, la mujer se compadeció. Les dio a los chicos una bolsa de papel con algunos fiambres bastante frescos y unos trozos de pan negro.

—Permítame besar su mano, zarevna —le dijo Danko antes de marchar.

—¡Anda! ¡Anda, pillastre!

Los tres chicos salieron del almacén y fueron a sentarse en un parque. El pan estaba bueno y los fiambres se podían comer. Yasha miraba a la gente pasar, mientras sacaba trozos de carne prensada y salchichón de la bolsa.

—Deberíamos ir al hotel de inturistas —dijo Danko de repente—. Las tiendas allí están mejor surtidas.

—Pero no nos dejarán entrar —dijo Maya tímidamente.

—Podemos intentarlo, ¿eh, Yasha?

Yasha no contestó. Apenas se encogió de hombros y se dejó llevar.

Fueron andando por la Sretenka. El día estaba tranquilo y todo parecía normal. Lo único fuera de lo común era el exceso de milicianos en la calle. Dos milicianos en la esquina miraban a todas partes, con su tradicional nerviosismo, y daban pasos inseguros.

Por la plaza Lubianka, pasaron junto a una librería. Maya apretó el brazo de Yasha.

—Ay, ¿podemos entrar aquí?

Yasha miró a Danko, buscando autorización.

—¡Oh! ¡Vivan los mares de papel impreso! —dijo aquel—. Siempre que no sean periódicos.

En la librería no había nadie. Una dependienta dormitaba sobre el mostrador. Los chicos anduvieron entre los estantes. Danko iba adelante, hojeando libros que parecían nuevos, pero que en verdad llevaban años allí, acumulando polvo. Maya se detuvo y agarró un ejemplar de poemas de Vladimir Visotsky. Lo abrió y en el acto pareció golpeada por un rayo.

—Mira, Yasha, este poema siempre me ha gustado mucho.

Yasha puso cara de interesado, pero cuando Maya le dijo que se lo quería leer, el chico hizo una mueca. Esperaba una retahíla de versos cursis.

—«¿Dónde están tus diecisiete años?» —leyó Maya—. «En Bolshói Karietny. ¿Dónde están tus diecisiete desgracias? En Bolshói Karietny. ¿Dónde está tu pistola negra? En Bolshói Karietny. ¿Dónde hoy ya no estás? En Bolshói Karietny».

Para Yasha, ¿dónde estaban sus quince desgracias? ¿En la Sadóvaya, dónde hoy ya no estaba? Puestos a ver, su vida no había sido demasiado terrible. En algunos momentos incluso había sido feliz.

Lo que lo hacía desgraciado era quizá precisamente esa quietud, ese «no pasar nada» cotidiano, esa mansedumbre de las horas. Conocía historias de gente que había sufrido acontecimientos terribles –el abuelo, por ejemplo, había padecido en un campo de concentración alemán y luego en un *gulag* soviético–. Pero estos tenían otra filosofía. Al menos se alegraban –mutilados, marcados como reses– de conservar la vida y con tesón seguían adelante. Pero, para Yasha, no había más camino adelante ni atrás. Sencillamente no había camino. Y allí estaban otros como él. Por ejemplo, Maya, ¿por qué era infeliz? Sus padres, según le había contado la chica, tenían una buena posición en Kiev. El padre mismo era un oficial del ejército. Y la madre, doctora. Seguro que en su infancia no le había faltado nada. Entonces, ¿por qué era infeliz? Y Danko, el pícaro Danko, ¿había vivido acaso en un piso común? ¿Tenía que ganarse el pan, como el armenio, con tretas o con manos encallecidas? ¿Por qué era infeliz Danko?

Salieron de la librería sin que la dependienta notara siquiera que habían estado allí. Danko se llevó, bajo la camisa, un libro de filosofías orientales. Maya, por su parte, ni siquiera escondió el libro de Visotsky. Yasha, había visto ejemplares de *Los tres de la plaza de los cañones*, y había estado a punto de llevarse uno, pero ¿para qué?

Al llegar al hotel de inturistas, hallaron el lugar cerrado a cal y canto. Fuera había incluso una fila de gente que esperaba la improbable apertura, como si no se fiaran de los letreros.

–¿Qué hacemos ahora? –preguntó Maya.

Danko se rascó la cabeza. Yasha recordó el pequeño apartamento de la Sadóvaya, el lugar de sus quince desgracias.

¶

En la noche cruzaron el río en dirección al parque Gorki. Los tres estaban exhaustos, luego de una jornada de andar de un sitio a otro casi sin parar. Por la Frunzénskaya, junto al Moskvá, escucharon el estruendo de vehículos pesados sobre el pavimento y, al volver la vista, Yasha percibió el paso imponente de tres carros de combate, como nunca los había visto en medio de la ciudad, fuera de los desfiles del Día de la Victoria. Sobre los carros iban sentados unos marineros. Sus camisas entreabiertas dejaban ver las camisetas de rayas blancas y azules. Bajo las boinas, las miradas severas amenazaban al aire con sus fusiles kalashnikov. Una mano huesuda tiró del hombro de Yasha y lo sacó de su contemplación.

—¿Qué hacen? —dijo un vejete con aspecto de borracho, el que había tirado del hombro del chico—. ¿No saben que hay un toque de queda? Vamos, vamos. ¡Es tarde y ya pronto no podrá haber nadie en la calle!

El vejete, una vez hecho el anuncio, se alejó, mirando en todas direcciones. Los tres se quedaron un instante sin saber qué hacer.

—¿Toque de queda? —exclamó Yasha—. Y entonces, ¿el concierto?

—Déjate de tonterías —replicó Danko—. ¿Qué nos importa a nosotros el toque de queda? Somos chicos. ¿Acaso no construyeron este país para nosotros?

Así que avanzaron por la calle Zubovskiy y cruzaron el río. El parque Gorki estaba desierto, con todo su verdor ahora negro, apenas aclarado por las luces de las farolas. A Maya esta desolación le infundió miedo y se apretó contra Yasha. Danko avanzaba temerario en frente de la compañía, dando brincos ridículos y hablando con los árboles. En la lejanía escucharon unas voces. Luego vieron unas figuras que se agitaban entre las sombras.

—¿Qué? —vociferó Danko—. ¿A qué hora comienza el espectáculo?

Los habitantes de las sombras saludaron a los recién llegados y se pusieron a compartir risas con el pícaro de Danko. Yasha los contempló: todos eran jóvenes, poco mayores que él, vestidos de modo extravagante, cargados de collares y pulseras y el pelo largo, suelto. Parecían una raza extinta, una horda de viajeros del tiempo, invisibles para la humanidad, que sólo aparecen en las noches de verano, para los árboles, entre las sombras. Maya también los contempló fascinada. No parecían chicos, sino dioses o héroes de canciones muy antiguas.

El aire del parque Gorki, a esa hora, también parecía irreal, como si todo el dolor y toda la tristeza del mundo no tuvieran allí cabida. Había algo en ese grupo, una paz y una fraternidad compartida que dejaban fuera el mal del mundo. Y poco a poco iban llegando más chicos, salían de entre las sombras y se unían con sus risas a la cofradía ya instalada en el lugar. Alguien apareció cargando una guitarra. Luego, un grupo con otros instrumentos y equipos de amplificación. De repente, en medio de la nada, se formó toda una orquesta y los músicos comenzaron a probar sus sonidos. El silencio del parque se volvió una fiesta en mitad de la noche. Todos reían, se abrazaban y compartían cigarrillos y botellas. Había chicas con el pelo suelto, corto o largo, y faldas inmensas llenas de colores; y chicos melenudos con camisas viejas de sus padres, bordadas de flores, y gorros y sombreros de todos los modelos. El parque se volvió una feria de pueblo y el aire se pobló de canciones que hablaban del amor y del mañana con rugidos felices y melancólicos que salían de las entrañas. Yasha nunca había estado en una fiesta así. Maya lo abrazó. Se besaron en una penumbra llena de luces de colores.

Todo era como uno de esos sueños que, al despertar, uno intenta en vano traer de vuelta, cerrando los ojos y haciéndose el dormido. Pero esos sueños… en vano uno se esfuerza. Nunca vuelven, aunque la almohada nos sofoque y la luz del sol inunde la ventana. Era este un sueño hermoso, de jóvenes cantando y bailando en la penumbra, besándose y riendo, compartiendo la saliva, el humo y el alcohol.

Entonces llegó la luz, no la del sol, sino la de las sirenas de los milicianos. Eran varios coches, cargados de milicianos torpes y nerviosos, armados de porras. Yasha, Maya y Danko estaban sentados en el espaldar de un banco, con los pies sobre el asiento. Desde allí vieron pasar la horda de milicianos hacia un lado y al otro, arrastrando a dos chicos por la melena. Una muchacha lloraba y les imploraba, pero ellos, indolentes, ni la miraron. Llegó otro miliciano y cargó también con la chica.

—¡Vamos! ¡Largo de aquí! —gritó a los chicos un miliciano con rostro de odio, mientras les golpeaba las rodillas con la porra.

Los chicos se levantaron y se quedaron allí, de pie, sin saber qué hacer. El miliciano los observó confuso, con ánimo de arrastrarlos hasta el vagón. Entonces alguien lo llamó. El hombre dio la espalda y se alejó de los chicos, dejándolos en paz.

—Mejor será que nos larguemos —propuso Danko.

Los tres se escabulleron entre las sombras. Esquivaron todo ruido de pasos y gritos y salieron del parque por donde mismo habían llegado. Justo entonces, cuando apenas cruzaban los lindes de los árboles, comenzó a llover. Era una lluvia fina, casi otoñal. Los chicos corrieron a refugiarse en una garita abandonada y allí se quedaron observando la lluvia. En el trayecto hasta la garita se habían empapado. Maya tiritaba de frío. Los pezones, endurecidos, se traslucían en el vestido mojado. Yasha contempló la perfecta redondez de esos senos, con los pezones rojizos temblando bajo la tela. Luego observó a Danko, que también miraba con descaro. Yasha se quitó la camiseta y se la ofreció a la chica. Ella se la puso por encima, la acarició y la olió como si fuera la propia piel de Yasha, quien ahora temblaba desnudo. Los tres se apretaron en corro y se abrazaron para entrar en calor. Yasha sintió que, a pesar de todo, esta era su familia.

¶

La mañana del miércoles 21 de agosto de 1991 llegó como otra cualquiera. El sol resplandecía en medio de un cielo azulísimo, con pocas nubes. El aire estaba en calma y todo parecía nuevo tras la lluvia de la noche anterior. Solo el barullo de los altavoces y de las radios a todo volumen hacían pensar en algo excepcional.

Yasha despertó. Maya dormía aún, con la cabeza sobre su pecho. El cuerpo de la chica, tembloroso, estaba acurrucado junto a su cuerpo, en el espacio reducido de la garita. Danko no estaba allí. Yasha se levantó con cuidado de no despertar a Maya y vio al otro afuera, dando brincos sobre la hierba aún húmeda. Salió y se reunió con Danko, quien le hizo una de sus típicas reverencias.

—Hoy parece que será un gran día. ¡Mira qué azul está el cielo!

Yasha miró al azul sin mancha. Efectivamente, la mañana estaba tranquila. Un viento fresco soplaba del oeste y mecía las agujas verdísimas de los abetos. El chico regresó a la garita y despertó a Maya.

—¿Qué hora es? —preguntó la chica.

—No lo sé —Yasha miró afuera.

Maya se enderezó y contempló el cielo a través del vidrio. El azul profundo se reflejaba en sus ojos oscuros. Sonrió, pero entonces una punzada en el estómago la hizo arquearse.

—Tengo hambre.

El chico asintió. A él también le dolía el estómago. El día anterior apenas habían tomado bocado. Otra vez extrañaba el Sanatorio, con sus seis comidas a intervalos regulares. Se imaginó a sí mismo frente a una bandeja de pasteles de carne. Hasta la sopa de col se le antojaba apetitosa. Salieron los dos afuera, donde Danko seguía practicando una especie de gimnasia.

—Danko —comenzó diciendo Yasha—, tenemos hambre.

El otro detuvo sus brincos y suspiró.

—Bien, vamos.

Salieron del parque y bordearon el malecón. En el río, unas barcas amarradas se mecían suavemente. La calle estaba desierta. Cerca de la piscina de Soymonovski pegaron los ojos al cristal de una confitería. Dentro, unos dulces con guindas eran visitados apenas por las moscas. Una empleada les hizo un gesto para que se apartaran del cristal, así que siguieron caminando con el alma y el estómago pegados al suelo. De repente, Danko volvió atrás. Entró a la confitería y salió a los pocos minutos corriendo, sujetándose el borde inferior de la camisa. Tras él salió la empleada, que comenzó a vociferar llamando a la milicia.

—¡Vamos, corran! —dijo Danko.

Corrieron por la Valjonka hasta la calle de Lenin. Al llegar a la calle Znamenka se detuvieron a retomar el resuello. Nadie los seguía. La calle seguía tan desierta como antes. Se sentaron en el borde de la acera. Danko extrajo de su camisa unos dulces con guinda, tiesos y amelcochados, pero apetitosos. Tras este desayuno, continuaron caminando por la Majóvaya. Cerca de la Plaza Roja hallaron unos carteles, pegados a un muro, que exhibían una fotografía del rostro de Maya. Bajo la foto, podía leerse:

Niña perdida, responde al nombre de Maya Ilivna.
Favor informar de su paradero a sus padres,
Hotel Moscú, habitación 612.
Cualquier información será recompensada.

Los chicos se quedaron pasmados ante el cartel. Maya se aferró al brazo de Yasha. Él la miró a los ojos. Se alejaron instintivamente de la Plaza Roja, y de la cercanía del hotel Moscú, y se encaminaron hacia la Arbat.

—¿A dónde vamos? —preguntó Maya.

Yasha calló, pues no se le ocurría ninguna idea.

—Vamos a buscar dinero —dijo Danko.

—¿Dónde? —se atrevió a preguntar Yasha.

—En la Casa Blanca.

Al chico estas palabras le causaron profunda impresión. Danko se dio cuenta.

—Mi padre trabaja allí —dijo.

Los otros se quedaron como de piedra. Yasha recordaba que Danko le había dicho que su padre era ingeniero civil, ¡y ahora resultaba que trabajaba en el gobierno! Danko miró a sus compañeros frunciendo el ceño.

—Nos vamos a Suecia —dijo de repente.

—¿A Suecia? —preguntó Yasha—. ¿Qué vamos a hacer allí?

Danko se encogió de hombros. Maya, por su parte, sonrió.

—¿Qué hay en Suecia? —le preguntó Yasha a la chica. Ella volvió a sonreír.

—¡Pippi Calzaslargas!

Yasha se quedó cavilando. Recordó que, el año siguiente, sería la Eurocopa, precisamente en Suecia. Por su parte, Danko había pensado en eso en más de una ocasión, incluso había trazado la ruta en un mapa. Primero a Leningrado, luego en tren a Helsinki y de allí por mar a Estocolmo. Yasha bajó la cabeza y esbozó una sonrisa.

—¡Pippi Calzaslargas!.

§

La Arbat estaba bloqueada por trolebuses y carros de limpiar las calles. Todo el mundo estaba aquí. Un mar de gente se extendía hasta la sede del gobierno. Algunos exhibían pancartas, otros, simplemente, estaban parados en atención. Los chicos vieron avanzar, tras ellos, a los carros de combate de la noche anterior, y corrieron a ocultarse detrás de la barrera. Los marineros, al ver que no podían seguir su curso, se bajaron de los carros y comenzaron a imprecar a los manifestantes, quienes a su vez respondieron con gritos soeces. Se sentía una tensión exagerada. Maya temblaba, aferrada al brazo de Yasha.

Un grupo de gente, armados de valor, se atrevió a avanzar hacia los marineros. Los rodearon en seguida —pues eran más— y comenzaron a mofarse de ellos. Uno incluso llegó a quitarle la gorra a un marinero. Este, un chico extremadamente joven, perdió al punto la compostura y comenzó a exigir de forma grosera que le devolviesen la gorra. Pero la muchedumbre, envalentonada, le hizo caso omiso y siguió avanzando hacia los carros de combate. El marinero, a grito pelado, intentó detenerlos, pero al ver que no obedecían arremetió contra los que no habían roto la fila. Los otros marineros, también muy jóvenes, se habían mantenido al margen; pero cuando su compañero comenzó a aporrear, acudieron con sus kalashnikov y formaron pronto una barrera. Así, a empujones, comenzaron a avanzar y a hacer retroceder a la masa. El marinero que había perdido la gorra, furioso, empujó a Maya de forma violenta. Yasha se encendió de rabia. Venciendo su temor, se abalanzó contra el mequetrefe, que era casi de su tamaño, y le propinó un puñetazo en el pómulo izquierdo. Al recibir este golpe inesperado, el marinero se quedó sin atinar a responder, pero inmediatamente su furia se multiplicó. Enloquecido, le dio un culatazo en la sien a Yasha, que cayó al suelo, atontado.

Desde el suelo, palpándose la frente –de la que manaba un hilo de sangre–, Yasha vio a Danko. Este, junto a otros dos de la masa, se había trepado a uno de los carros de combate y gritaba desde la cima, haciendo un gesto extraño con la mano, como si quisiera arrancarse el corazón. El marinero nervioso también lo vio.

–¡Bájense de ahí inmediatamente! –chilló con voz ridícula.

Pero Danko no lo escuchaba. El sol brillaba tras de sí. Yasha casi podía ver la luz que brotaba de su pecho. El miserable mequetrefe, más furioso que nunca, levantó el kalashnikov y apuntó a la figura del chico sobre el carro de combate.

–¡Bájense les digo! ¡Diantre!

Danko bailaba sobre el carro con el sol a su espalda, con una risa de triunfo que brotaba en línea directa desde su corazón incandescente. El ruido del disparo ensordeció el silencio.

Danko cayó como una piedra, con una mano en el corazón.

X.

Las barcas sobre el río

Maya lloraba, desconsolada. Yasha hubiera querido abrazarla, pero él mismo estaba conmocionado. Los ojos le ardían. Se miró las manos, llenas de polvo y sangre. La muchedumbre se había congregado alrededor del cuerpo de Danko. Al marinero se lo habían llevado sus compañeros. El silencio reinaba en la calle. Solo a lo lejos se escuchaba algún altoparlante repitiendo mensajes monótonos.

La chica no paraba de llorar. Se sentó junto al cuerpo de Danko, convulsionando de manera cada vez más violenta. Yasha pensó que lo mejor era alejarse de allí, no ver más aquel cuerpo tirado en medio de la calle, junto al carro de combate. Danko sonreía, en silencio, con el pecho ensangrentado, la mano aún apoyada sobre el corazón y los ojos cerrados para siempre. Yasha lo contempló una última vez. Agarró a la chica por el brazo y la sacó de allí, abriéndose paso entre la multitud.

Caminaron por la Arbat, cabizbajos y con pasos lentos. Era difícil avanzar con Maya, que tiritaba sin parar. Al llegar al bulevar Gogolevskiy, Yasha hizo un alto. Le levantó la cabeza a Maya, enjugó sus lágrimas e intentó besarla. Ella se negó. Su cuerpo se volvió recio. Todavía temblaba, pero ahora era un temblor estático. Yasha la miró a los ojos y vio una expresión ajena en ellos. Un aire helado le recorrió las entrañas. Se sintió terriblemente solo en mitad de la calle. Entonces ella se zafó del agarre y comenzó a andar. Yasha la siguió.

Caminaron un rato por la Znamenka, en silencio. El día, que había amanecido con un cielo azul profundo de verano, se había marchitado totalmente. Casi no corría el aire, como si todo se hubiese detenido. La calle vacía, el silencio, la pesadez plomiza de los edificios, todo era insoportable. Al llegar a la Majóvaya, la chica dejó de caminar. Yasha la contempló como quien mira a una bestia que en cualquier momento puede dar un zarpazo.

–Me voy –dijo ella.

Yasha dio un respingo.

–¿A dónde?

–Al hotel Moscú. Regreso a casa, con mis padres.

Maya le esquivaba la mirada. El chico no supo qué decir. Se quedó mirándola con los ojos muy abiertos, la boca también abierta. Sintió que le faltaba el aire, que el pecho se le enfriaba y le dolían los ojos. Ella no dijo nada más. Lo miró a los ojos y por un instante volvió a ser la Maya Rot que él había conocido, aunque con una expresión mucho más triste y los ojos enrojecidos por las lágrimas. Maya esbozó una sonrisa. Luego le dio la espalda y echó a andar en dirección a la Plaza Roja.

¶

Yasha llegó al malecón, el río era lo único que se movía en derredor, haciendo cabriolas de espuma aquí y allá. El chico había venido andando con pies pesados, casi sin poder sostenerse. Al irse Maya, él se había quedado petrificado. Una parte de él hubiera querido lanzarse en pos de ella, pero no había podido mover ni un músculo. Al rato, cuando ya la chica se había convertido en un punto diminuto en la lejanía, a Yasha lo había invadido una agitación nerviosa y había comenzado a caminar en dirección del río.

Se sentó sobre el borde de piedra, mirando al agua. ¡Había pasado tanto tiempo desde la última vez que había estado así, como ahora, tranquilamente contemplando el curso del Moskvá! En la orilla, las barcas atadas se mecían con el oleaje. No había nadie cuidando de las pequeñas naves. Yasha podría, perfectamente, desamarrar una e irse lejos, río abajo, a ninguna parte. ¿Acaso no había pensado alguna vez en escapar de este modo, como un Tom Sawyer? El río no era peligroso. Bastaba con saber mover apropiadamente el remo. Recordó a aquella chica, Yelena, en el lejano campamento de Artek. Él había estado a punto de caer del puente y ella lo había salvado. Entonces también había habido barcas amarradas a la orilla del Mar Negro. Yasha hubiera querido escapar de allí, en un pequeño bote, con Yelena. Pero el recuerdo de esta chica lo hizo pensar en Maya. ¿Por qué lo abandonaban todos? Los hombres morían y las mujeres se marchaban. Pensó en Natalia Bloj, en Sara Issurovna, en su madre. ¿Dónde estaría ahora su madre? ¿En el pequeño apartamento de la calle Sadóvaya, preparándole el té a Mijaíl Ilich? ¿Y el padre? ¿Había muerto por fin? Aquel hombre en el apartamento del tío Grígori no era su padre, definitivamente. Era un desconocido. No podía ser su padre. Tenía la misma expresión de Maya cuando él había intentado besarla hacía un rato. Sin embargo, el hombre del apartamento del tío lo había reconocido, había intentado acercarse, quizá a abrazarlo. En cualquier caso, su padre siempre había sido un desconocido. Cuando vivían juntos en el pequeño apartamento de la Sadóvaya, él solía ausentarse todo el tiempo. Cuando lo llevaba de paseo por la ciudad, o cuando hacían viajes más largos, aquel hombre se comportaba como un extraño

El chico se inclinó sobre sus rodillas. Alrededor no se movía nada más que las pequeñas barcas y alguna ola blanca bordando la superficie del agua. La ciudad estaba en calma, pero ¿quién sabe qué estaría ocurriendo allá, en la Arbat? A Yasha ya no le importaba. Para él, todo había terminado. Estaba solo, sin más compañía que unas barcas amarradas en la orilla del río. Podía, sin embargo, regresar atrás, comenzar de nuevo. ¿Volver al Sanatorio? No, allí ya no le quedaba nadie. Y aquellos muros, sin Maya y sin Danko, le resultarían intolerables. ¿Ir a casa, entonces? Pero él ya no tenía casa. De aparecerse en el apartamento, quizás la madre lo volviera a internar. Quizás ni siquiera estaba ya en el pequeño apartamento de la Sadóvaya. ¿Ir con el tío? Allí tampoco quería regresar, aún no aceptaba que el desconocido con el pelo enmarañado y aliento a vodka fuera su padre, aunque así lo hubiera imaginado en más de una ocasión. Yasha podía, por otra parte, regresar al «país de la libertad», junto a aquella chica rubia de mirada dulzona. Ese podía ser un buen plan. Eso, o desamarrar una de las barcas y largarse lejos, a lo desconocido. ¿A Suecia? A Suecia, por qué no. Allí ya se las arreglaría. Buscaría a Pippi Calzaslargas. Y al año siguiente sería la Eurocopa... Ahora era verano, pronto vendría el otoño y luego el invierno, la primavera y otra vez el verano. Recordó aquellas tardes de invierno en que jugaba al fútbol con Volodia en el patio del edificio, mientras nevaba suavemente. Los dos dejaban de pegarle al balón para abrir la boca y capturar los copos de nieve.

¿Qué sería ahora de la vida de su amigo Volodia Kats? ¿Se habría convertido en rabino, allá en la lejana tierra de Israel? Nunca más había tenido noticias de Volodia. Solamente una postal, al año de haberse marchado, contando banalidades sobre lo amable que era la vida junto al cálido Mediterráneo. ¡Qué diferente eran las cosas para Volodia! Allí, en Israel, con su padre, viviendo la dulce vida, mientras que Yasha estaba solo, en una ciudad gris y fría.

Pensó otra vez en Maya. El corazón le dolía y quería llorar, pero estaba demasiado débil. ¿Alguna vez podría alejarla de su mente? Si tan sólo hubiera corrido tras ella... ¿Dónde estaría ahora? ¿En el hotel Moscú, junto a sus padres? ¿En un tren rumbo a Kiev? Tal vez la solución no era escapar a Suecia, sino ir corriendo tras la chica. La perseguiría por todo el país, por todo el planeta, a dondequiera que la llevaran. Estar con ella era lo único que tenía sentido. Solamente con Maya podría olvidar su soledad. Aunque pasaran años, él la buscaría. Dedicaría todos sus esfuerzos a tal empeño.

De repente, Yasha se vio a sí mismo diez, veinte años más viejo, desandando las calles de Moscú como una especie de vagabundo. Las imágenes pasaban junto a sus ojos, como una película proyectada sobre un lienzo blanco. Iba caminando por la Arbat y, en una esquina, se tropezaba con Natalia Bloj. El rostro de la chica era el mismo, pero el peinado y el vestido eran los de una persona mayor. Se sorprendía al ver a Yasha, y manifestaba una mezcla de alegría y nerviosismo. Se sentaban a tomar algo en un café. Ella le contaba su vida y le mostraba fotografías de su familia. Ahora tenía un hijo. Podía decirse que era feliz.

Al salir del café, Yasha encendía un cigarrillo y se le acercaba un mendigo con ojos salidos de las órbitas a pedirle un pitillo. Entre la maraña de pelo y barba lograba reconocer el rostro pecoso de Pasha, el «simulador». Este, evidentemente enfermo de los nervios, se le antojaba recién escapado de un manicomio. Yasha le ofrecía el cigarrillo. El otro sonreía, feliz como un perro, pero Yasha era incapaz de sostenerle la mirada. Se alejaba de allí, pitando, sin volver la vista atrás y sin prestar oídos a los gritos del «simulador», que de pronto lo había reconocido.

Más adelante, veía detenerse un auto lujoso del cual descendía, rodeado de guardaespaldas, Serguéi Bagramian, el armenio. Pero Yasha entonces se detenía y cruzaba la calle. Ya no quería ver a más nadie ni encontrarse con ningún otro de estos fantasmas.

¿Así sería la vida, entonces, veinte años después? ¿Y Maya? ¿Qué sería de Maya? ¿La habría encontrado? ¿Habrían vuelto a estar juntos? Nada en su visión parecía indicarlo. Quizás lo mejor era resignarse a haberla perdido, por más doloroso que esto fuera. Maya, seguramente, lo olvidaría muy pronto. Ella, de vuelta a su hogar, con sus padres, tendría mejores cosas de qué preocuparse.

Entonces Yasha reparó en que, si bien podía imaginar su futuro y el del resto de las personas que había conocido, ese futuro excluía, de modo tajante, a Danko Shegal. Danko había quedado allí, en la calle. A esta hora probablemente se lo habría llevado una ambulancia, estaría en una camilla de la morgue. ¿Habrían avisado a sus padres? ¿Tenía padres, Danko, o no eran más que otra invención suya? Yasha imaginó el cuerpo de Danko Shegal, arrojado a una fosa común junto a otros cadáveres. Todos los otros —el armenio, Pasha, Natalia Bloj, Maya, incluso él mismo— llevarían vidas mejores o peores; serían más felices o más infelices. Pero al pobre Danko, todos, sin excepción, lo habrían olvidado.

Comenzó a llorar. Le faltaba el aire y el cuerpo convulsionaba. Quiso golpearse la cabeza contra el muro del malecón. Comenzó a pegarse con los puños en las sienes. Cuando parecía que ya se le habrían agotado las lágrimas, volvía a empezar, esta vez más fuerte.

Así, poco a poco, fue calmándose, debilitado y aliviado por el llanto. Suspiró. Una brisa le trajo el olor del pequeño apartamento de la Sadóvaya. El olor de las manos de su madre. Yasha recordó las tardes en casa. Su habitación, el empapelado de la pared, la pequeña cama y la mesita junto a la ventana. Aquí, junto al río, la tarde estaba en calma, pero aquella brisa le acariciaba el rostro y, en el agua, ponía la espuma a hacer cabriolas en el agua. En la orilla, las barcas amarradas comenzaban a mecerse.

www.ingramcontent.com/pod-product-compliance
Lightning Source LLC
Chambersburg PA
CBHW020403030726
47496CB00007B/2285